KB005596

오늘도, 등산

오늘도, 등산

초판 1쇄 발행 2021년 2월 22일
초판 2쇄 발행 2021년 7월 5일

지은이 신경은
펴낸이 이범상
펴낸곳 (주)비전비엔피 · 애플북스

기획편집 이경원 현민경 차재호 김승희 김연희 고연경 최유진 황서연 김태은 박승연 김혜경
디자인 최원영 이상재 한우리
마케팅 이성호 최은석 전상미 백지혜
전자책 김성화 김희정 이병준
관리 이다정

주소 우)04034 서울시 마포구 잔다리로7길 12 (서교동)
전화 02)338-2411 | **팩스** 02)338-2413
홈페이지 www.visionbp.co.kr
인스타그램 www.instagram.com/visioncorea
포스트 post.naver.com/visioncorea
이메일 visioncorea@naver.com
원고투고 editor@visionbp.co.kr

등록번호 제313-2007-000012호

ISBN 979-11-90147-56-9 03810

도서에 대한 소식과 콘텐츠를
받아보고 싶으신가요?

나만의 취미로 삶의 쉼표를 그리는
본격 등산 부추김 에세이

오늘도, 등산

신경은
지음

애플북스

프롤로그

입사 4년 차. 직장에서 부침도 잦아들고 생활이 안정되던 무렵 내게도 무료함이 찾아왔다. 뭔가 취미가 필요하다는 생각이 들었다. 어떤 취미가 좋을지 생각하다 어릴 적 아빠와 산에 올랐던 기억이 떠올랐다. 등산은 딱히 장비가 필요한 스포츠도 아니고 강습을 받을 필요도 없다. 마음만 먹으면 언제든지 원하는 시간에 오를 수 있는 게 산이니까. 등산만큼 쉽게 시작할 수 있는 운동도 없는 것 같았다.

되돌아보면 산과 나의 연결고리는 오래전부터 있었다.

대학 시절 첫 아르바이트로 등산복을 판매한 경험이 있고, 졸업 후엔 유명 스포츠 및 아웃도어 브랜드들의 옷을 만드는 대형 의류 벤더 회사에 다니기도 했다. 등산은 어릴 적부터 아주 친근한 운동이었지만, 사실 본격적으로 그 매력에 빠져 산에 오른 지는 얼마 되지 않았다.

요즘엔 무엇을 함에 있어 시기가 무척 중요하다는 생각이 든다. 지금 내가 처해 있는 상황에서 무엇을 할 때 느끼는 감정이나, 그것을 받아들이고 누리는 정도도 나이에 따라 다를 테니까. 내가 만약 20대 초반이라면 지금처럼 등산에 흠뻑 빠질 수 있었을까? 아무리 산이 좋은들 친구들과 어울리는 것보다 산에 오르는 쪽을 선택했을까?

산을 사랑하는 이들 중엔 힘든 시기에 산을 만나 위로를 얻었다거나 하는 본인만의 특별한 배경이 있다. 하지만 내가 산에 오르게 된 계기는 거창하지 않다. 그저 새해를 맞아 새로운 마음가짐으로 취미를 찾아보고자 올랐던 첫 등산에서 산이 주는 매력에 흠뻑 빠졌을 뿐이다. 정상에 오르는 작은 성취감은 삶을 살아가는 데 활력을 보태 준다. 작년, 새해의 첫 산행 이후로 일주일에 한 번꼴로 산에 다니고 있다. 나는 그것을 그해의 첫 번째 목표로 설정했다. 건강한 취미는 몸도 마음도 건강하게 해 주니까.

좋아하는 취미를 가지고 있다는 것은 삶을 풍요롭게 해 준다. 등산을 시작하고부터 내 삶도 조금 더 풍요로워진 거 같다. 주말을 기다리는 즐거움이 평일의 나를 지탱해 준달까. 어떤 산에 갈지 생각하고 찾아보는 과정이 설레고, 산에 오를 가방을 싸는 일 자체가 삶에 묘한 활력을 불어넣는다. 그 기쁨을 하루하루 기록한 이야기가 책이 되어 나오는 것도 산이 안겨 준 예상치 못한 선물 같다.

이 책에는 내가 어떻게 등산이라는 운동에 빠져 등산인의 삶을 즐기는 오늘에 이르게 됐는지를 소소하게 적어 보았다. 이 책을 읽는 분 중엔 산에 관심만 가지고 있는 분도 있을 테고, 나처럼 이미 등산이 취미이거나, 나보다 훨씬 오래 산을 탄 베테랑 등산인도 있을 것이다. 이 책이 그 모두를 만족시키지는 못하겠지만 내가 얘기하고 싶은 건 딱 하나, 산이 얼마나 우리를 반겨 주고 행복하게 하는지 모두가 알면 좋겠다는 거다.

모두가 코로나 19로 힘든 이 시기에 나의 등산 이야기가 조금이나마 독자들에게 위로가 되길 바랄 뿐이다. 처음 세상에 내놓는 책이라 기대 반 걱정 반이다. 그 설렘과 우려를 뒤로하고 지금 내가 하고 싶은 딱 한 가지, 나는 오늘도 등산이다.

차례

3장 산이라고 다 같은 산은 아니야

4장 등산 백배 즐기기

5장 등린이를 위한 가이드

1장

나의 시작은

등린이가 되던 날

　직장생활 4년 차가 되던 해 반복되는 일상이 무료해서
취미를 찾던 중이었다. 이직 후 사무직으로 보직이 변경
되면서 몸이 답답하고 뻐근했다. 몸을 좀 쓰면서도 너무
격렬하지 않은 운동이었으면 했다. 몸이 가벼워지면서 삶
에 활력을 불어넣는 청량한 운동.

　예전에 장기 회원권을 끊어 놓고 시간을 낼 수 없어 몇
회 다니다 말았던 요가 강습이 생각났다. 의욕이 앞서 전
용 매트에, 폼롤러, 마사지볼까지 사놓고 몇 번 쓰지도 못
했는데……. 실패의 경험 때문인지 이번에는 좀 가볍게

접근하고 싶었다. 기왕이면 장비를 사지 않아도 되고, 정해진 시간을 놓쳐도 할 수 있는 운동. 그러니까 시간과 장소, 비용의 제약이 적어서 쉽고 편하게 할 수 있는 그런 운동. 아빠와 어렸을 적 자주 다니던 등산이 생각났다.

2020년 새해가 되면서 건강을 위해 등산을 시작하기로 마음먹었다. 아빠와 함께 산을 올랐던 경험이 있지만, 주변에 등산을 좋아하는 친구가 없어서 함께할 누군가를 찾는 일이 쉽지 않았다. 그럼 뭐, 일단 혼자서 해 보는 거지. 겨울에 산을 오르는 사람은 많지 않다. 날이 춥고 눈이 오면 길도 미끄러운데 스키장에 가는 것이 아니라면 겨울 산행은 말리고 볼 일이니까. 나 역시 그랬다.

새해 첫 산행, 그것도 눈꽃 산행을 위해 나는 북한산으로 향했다. 서울의 많고 많은 산중에 왜 북한산이냐고 물으면 딱히 이유는 없다. 그냥 북한산이 아름답다는 말을 주워들은 것이 생각났으니까. 등산로 입구에 도착했을 때 생각 외로 많은 사람이 모여 있어서 놀랐다. 헛둘 헛둘 준비운동을 하는 사람, 발에 무언가를 차고 있는 사람, 챙겨 온 외투를 꺼내 패딩 위에 겹쳐 입는 사람 등등. 같이 온 일행은 아니었지만 그들과 함께 산에 오른다고 생각하니 어쩐지 외롭지 않았다. 뭔지 모를 설렘에 신이 났다.

평평 내리는 눈을 맞으며 산에 올랐다. 뽀드득뽀드득 눈 밟는 소리에 집중하며 눈 앞에 펼쳐진 절경을 보았을 때 정말이지 깜짝 놀랐다. 눈 내리는 회색 하늘, 나무와 바위, 온 천지에 소복이 쌓인 눈, 그야말로 온 세상이 새하얀 겨울왕국이었다. 가끔 아빠와 다니던 뒷산만 생각했는데…… 어느새 겨울왕국의 주인공이 된 기분이었다.

'아 설산 너무 예쁘다.'

정말이지 얼굴이 아리고 손과 발이 굳어버릴 정도의 추위였지만 입이 아플 정도로 "멋있다", "예쁘다"는 감탄이 쉬지 않고 나왔다.

생각해 보면 성인이 된 후로 눈이 오는 날은 주로 백화점에 가거나 따뜻한 실내에 있기 마련인데, 이렇게 눈을 맞으면서 산을 오르고 있으니 무척이나 신선했다. 일상과 동떨어진 느낌이랄까, 그곳에선 사수에게 혼난 일, 온갖 잡생각이 저만치 뒤로 밀려났다. 그런 것들은 눈 속에 파묻혀버린 것처럼 느껴졌다. 한 발 한 발 조심스럽게 걷는

데 집중하다 보면 어느새 정상에 도착해 있었다.

첫 산행인데 힘들지 않았냐고 묻는다면 당연히 엄청 힘들었다. 그런데 힘든 만큼 체감한 감동은 어릴 적 느꼈던 그것과 확연히 달랐다. 북한산 백운대 정상에 서서 주변 경치를 바라보며 나는 알 수 없는 몸속 세포가 꿈틀대는 것을 느꼈다.

등산을 시작한 후 확실히 나는 스트레스를 덜 받고, 일상에 조금씩 활력이 생겼다. 면역력이 좋아졌달까. 꾸준히 산을 찾았더니 등산 패치라도 붙은 모양이다.

용돈 줄게 등산 가자

"경은아, 등산 가자!"

일요일 아침, 아빠가 고등학생이던 나를 서둘러 깨웠다. 아침잠이 많은 나는 꾸물꾸물 몸을 뒤척이다 이불 속에서 간신히 웅얼거렸다.

"아빠……. 오늘은 힘들 거 같은데……. 나 빼고 갔다 오면 안 돼?"

"얼른 등산 갔다가 내려와서 맛있는 밥 먹고 오자!"

아빠는 기어들어 가는 내 목소리 따위 안중에도 없다는 듯 신이 난 목소리로 나를 채근했다. 그래도 내가 영 굼뜨

다 싶었는지 아주 효과적인 최후의 한 방을 날렸다.

"아빠 따라가면 용돈 주지."

아, 거부할 수 없는 용돈의 유혹이여. 그렇게 나는 아빠의 꾐에 넘어가 의지 반, 강제 반으로 등산이라는 걸 처음 하게 됐다. 그 뒤로도 아빠를 따라 산에 오를 때마다 소정의 용돈이 지급됐다. 주변 사람들에게 물으니 나와 같은 경험이 다들 한 번씩은 있는 모양이다. 역시, 고등학생에게 용돈은 소중하니까.

"왜 고생고생해서 산에 올라가? 어차피 다시 내려올 텐데…."

나는 구시렁대면서 신발장을 열어 손에 잡히는 아무 운동화나 꺼내 신고 터벅터벅 집을 나섰다. 그때까지만 해도 나는 등산을 하나도 즐길 줄 몰랐다. 산에 오르는 시간이 길게만 느껴졌고, 송골송골 옷에 땀이 배는 것도 불쾌했다.

아빠는 내가 어렸을 때부터 지금까지 산에 오를 때마다 하시는 말이 있다.

"아빠는 산에 오면 기분이 너무 좋아. 맑은 공기도 마시고 경치도 좋고 시원하고, 스트레스가 쫙 풀린다니까."

여름엔 덥고 겨울엔 춥거늘, 어른들은 왜 이런 재미없고 힘든 운동을 좋아하는지 그때는 도통 이해하지 못했다. 올라가는 내내 아빠 옆에서 징징거리며 정상에 언제 도착하는지만 물었더랬다.

그래도 산에 오르는 중간중간 쉬면서 아빠와 나눠 먹던 간식은 즐거웠다. 나와 산에 가는 날이면 아빠는 아침 일찍 일어나 꼼꼼히 준비물을 챙겼다. 사과와 홍삼스틱, 얼린 물은 아빠가 산에 갈 때 꼭 챙기는 필수품이었다. 이것들은 평소에는 아무것도 아니지만, 산에서는 엄청나게 맛있고 요긴한 양식이 되어버린다.

산에 오르는 이들은 보통 아빠, 엄마와 비슷한 나이의 분들이 많았는데 간혹가다가 나처럼 부모님과 함께 온 친구들도 눈에 띄었다. 시큰둥한 표정에 걸음이 약간 처지고 무거운 것이, 딱 봐도 남 같지가 않았다. '저 친구도 나처럼 끌려 나왔구나.' 상대도 나를 보며 같은 생각을 했던 거 같다. 서로를 마주 지나갈 때 잠깐이지만 동병상련의 눈빛을 주고받았으니 말이다.

정상에 도착해 한눈에 들어오는 탁 트인 경치를 보면서도 나는 별 감흥이 없었다. 그냥 '어, 멋있네' 하는 표면적인 느낌 정도. 눈앞에 근사한 풍경을 두고도 그 이상은 감탄할 줄을 모른 채 어서 빨리 집에 가서 침대에 드러눕고 싶다는 생각뿐이었다. 당시를 돌아보면 그때 내가 느꼈던 등산의 행복지수란 지금 내가 느끼는 성취감의 발톱만큼에도 미치지 못하는 것이었다. 집에 와 용돈을 받을 때의 행복이 훨씬 컸으니까.

그때 나에게 등산은 아침 일찍 일어나야 하는 고된 운동, 땀 흘려 겨우겨우 정상에 이르는 지루한 운동에 지나지 않았다. 아빠는 그런 내게 등산이 얼마나 좋은지를 깨닫게 해 주고 싶었겠지. 아빠가 그렇게 끈질기게 등산을 권하지 않았더라면 나는 지금도 산에 오르는 성취감을 몰랐을 거다. 직장인이 되어 어떤 취미를 가질지 골몰했을 때, 신기하게도 머릿속에 떠오른 게 십 년 전에 느낀 발톱만큼의 성취감이었다. 해 보지 않고는 그것에 대해 알 수 없는 거라고, 아빠가 그 옛날에 가르쳐 주신 것 같았다.

덕분에 그때는 좋아하지 않았던 등산을 지금은 좋아하

게 됐다. 누가 용돈을 주지 않아도 스스로 찾아갈 정도로 산이 좋다. 소중한 사람이 있다면 용돈을 주고서라도 꼭 데려가고 싶을 만큼.

등산확진자

  2020년은 유례없는 감염병으로 인해 생활의 많은 부분이 바뀌었다. 아무렇지 않게 일상생활에서 누렸던 것들 - 친구들과 카페에서 수다를 떨거나, 쇼핑몰에서 거리낌 없이 돌아다닌다거나, 맛집을 찾아다닌다거나, 공연을 보러 가거나 - 이 지금은 쉽게 할 수 없는 것이 되어버렸다.

  마스크를 필수로 착용해야 하는 요즘은 거리에 나가면 마음이 좀 답답하다. 모두가 바쁜 현대사회에서 대화까지 단절되니까 기분마저 우울해진다. 마스크를 쓰고 있는 사람들을 보면 표정도 다 무표정해 보인다. 마치 '바쁘니까 말 걸지 마'라고 쓴 팻말에 '대화 금지!'라는 메모까지 덧붙인 것 같다. 마스크 밖으로 보이는 건 감정을 알 수 없는 눈뿐이라 왠지 무섭다. 아니, 그렇게 보이는 건 내가 예민해서일까. 마스크를 온종일 쓰고 있다 보니 아무래도 산소가 부족해서 그런가 보다.

사회적 거리두기에서 오는 답답함에 사람들이 하나둘씩 산으로 향하는 것 같다. 50·60세대는 원래 등산을 많이 하시기 때문에 산에 가면 항상 볼 수 있는 연령대이지만, 요즘 산에 가면 20·30세대를 쉽게 볼 수 있다는 게 이전과 다른 모습이다.

최근에 다녀온 서울 관악산에서도 그랬다. 풍문에 의하면 이름에 '악' 자가 들어가는 산은 오르기 힘겹다고들 해서 지레 걱정을 좀 했는데, 막상 가 보니 길이 잘 닦여 있었다. 서울대입구역 근처라 접근성이 좋아서인지 등산객도 엄청 많았다. 주말이라 등산 인구가 더 많았는데, 그중에서도 유독 20대로 보이는 친구들이 여럿 눈에 띄었다.

모두 약속이나 한 듯이 티셔츠에 검정 레깅스 차림이

었다. 아디다스 양말을 신고 물통 하나씩 들고 온 것도 똑같았다. 내가 스무 살 땐 친구들과 산에 올 생각은 못 했던 거 같은데. 지금 우리가 맞이한 여러 상황이 이런 모습까지 변화시켰구나, 하는 생각이 들었다.

이날 관악산 정상석(頂上石)에서도 사진을 찍으려고 줄 서 있는 사람들 태반이 20대로 보였다. 이렇게 젊은 세대가 산을 많이 찾으니 등산이 정말 인기 있는 스포츠가 된 것 같았다. 실제로 등산을 하고 싶다며 나에게 어떻게 시작하면 되느냐고 SNS로 물어 오는 고등학생도 있었다.

등산에 취미를 가지고부터 나 역시 친구들에게 등산 가자는 말을 자주 하고 있다. 예전 같았으면 친구들과 맛집을 찾아간다든지 쇼핑을 한다든지 했을 텐데, 요즘엔 뭐만 하면 온통 산이다.

"○○산 근처에 등산동호회가 추천한 맛집 있는데 같이 갈래?"

"○○산 단풍이 다음 주에 절정인데 같이 가자!"

너는 왜 만날 산이냐며 손사래 치던 친구들도 요즘엔 많이 바뀌었다. 산 공기라도 마음껏 들이마시고 싶다며

자기도 데려가라고 아우성이다.

하루는 등산을 처음 해 보는 친구 두 명을 데리고 남한산성에 갔다. 남한산성은 둘레길과 같은 코스로 초보자도 부담 없이 다녀올 수 있는 곳이다. 이날 우리의 목표는 $8km$ 걷기! 남한산성은 정상석이 없어서 우리는 몇 킬로 정도 걸을지 미리 정해 놓고 등산을 시작했다.

오랜만에 만난 친구들과 그동안 어떻게 지냈는지 근황 토크를 하면서 걷다 보니 시간 가는 줄 몰랐다. 둘 다 등산은 처음이라 다리 아프네, 덥네, 말들이 많았지만 오랜만에 운동다운 운동을 해 본다며 몹시 흡족해했다. 불쑥 불쑥 튀어나오는 벌레들 때문에 비명을 질러대면서도 나만 믿고 간다는 친구들 말에 사명감을 느끼며 길을 안내했다.

하산하는 길에 발견한 카페에선 엄청난 호사도 누렸다. 무척 더운 날이었는데 메뉴에 빙수가 있었다. 등산 중간에 빙수를 먹을 수 있다니. 여기 안 들어왔으면 어쩔뻔했느냐며, 다들 신이 나서 깔깔거리며 빙수를 먹었다.

이날 등산하며 친구들과 좋은 추억을 많이 만들었다. 내가 좋아하는 걸 친구들도 좋아해 주고 또 같이하니 너무 행복했다. 친구들도 오늘 너무 좋았다면서, 경은이가 왜 산을 좋아하는지 알 것 같다고 했다. 친구들을 산에 데려 오길 잘했구나. 다시 생각해도 정말 기분 좋은 하루였다.

등산이 처음이라면

"어느 산부터 가는 게 좋아요?"

"옷은 어떻게 입어요?"

산에 처음 가는 분들이 가장 많이 하는 질문이다. 어렸을 때는 가족들과 집 근처에 있는 산을 자주 찾았지만, 요즘은 좀 더 외곽에 있는 산을 많이 가고 있다. 나도 처음 산에 갔을 때는 사실 뭘 입고 가야 하는지 몰랐다. 누가 알려 주지도 않아서 그냥 편한 옷 입고 가면 되겠지 싶어 집에서 입던 트레이닝복에 운동화를 신고 갔다. 당시에는 그것이 '편하다'고 생각했다.

한번은 나이키 운동화를 신고 아빠와 삼성산에 갔는데, 암석을 타고 올라야 하는 난코스였다. 아빠한테 여기 진짜 밧줄도 없이 올라가는 거 맞냐고 여러 번 물었다. 아빠는 밧줄은 필요 없다며 그냥 바위를 타고 올라가야 한다고 하셨다. 나는 올라가는 내내 너무 무서워서 고래고래 소리를 질렀다. 운동화가 미끄러지는 아찔한 순간도 있어 잘못 넘어지면 나는 진짜 죽겠구나 하는 생각도 들었다. 아빠한테 이런 무서운 데를 왜 데리고 왔느냐고 산행 내내 징징거렸다. 그때는 내가 신발을 잘못 신었다는 생각은 하지도 못했다.

지금은 누가 처음 산에 간다고 하면 등산화부터 꼭 챙기라고 말한다. 내가 산을 다녀 보니 등산화가 괜히 등산화가 아니다. 산행하는 시간이 늘어나면서, 좀 더 고도가 높은 산을 다니면서 직접 깨달은 사실이다.

치악산에 오른 적이 있는데, 꽤 장거리인 데다 나에게는 상당히 힘든 산이었다. 길도 무척 험하고 급경사가 져서 넘어지기 십상이었다. 높은 곳에서 돌계단을 내려올 때 발을 살짝 헛디뎠는데 발목까지 올라온 등산화가 아니었으면 아마도 그 자리에 주저앉아 못 일어났을 거다. 발목을 잡아 주는 등산화를 신어서 천만다행이라고 생각하며 조심조심 내려온 기억이 있다.

제일 처음 구매한 등산화는 발목까지 오는 중등산화였는데, 등린이(등산+어린이)에겐 발목을 감싸 주는 편이 발목에 무리가 덜 가 좋다는 말을 어디서 들었기 때문이다. 밑창이 미끄럼에 강한 비브람창으로 돼 있어 그 등산화를 신고부터는 바위 위에서 미끄러질까 봐 움츠러드는 일 없이 자신 있게 걸을 수 있었다. 발바닥이 바위에 닿는 느낌부터 달라서, 발을 보호해 준다는 느낌을 받을 수 있었다.

등산화는 종류도 정말 많고 산에 따라 적합한 등산화가 다 달라서 전문가도 아닌 내가 뭘 추천하기는 좀 어렵다. 다만, 평소에는 도전해 본 적 없는 좀 높은 산에 갈 예정이라면 중등산화 정도는 신어야 한다는 조언을 해 주고 싶다.

동네 뒷산 정도의 가벼운 산행이라면 의상이 그렇게 중요하진 않다. 액티브한 동작이 많은 운동이기 때문에 움직임이 편한 소재가 좋고, 기본적으로 수풀이 많은 곳이니 풀 알레르기나 벌레가 싫은 사람은 긴팔, 긴바지는 필수다.

영남알프스에 올랐을 때 여름 산행이라 반바지를 입고 갔는데, 영축산에서 신불산으로 가는 길목에 억새가 무성하게 자라 있어서 수풀을 헤치며 지나가야만 했다. 억새가 다리에 스칠 때마다 너무 따가워서 생각 없이 반바지를 입고 온 걸 내내 후회했다. 반바지를 입으려면 무릎까지 오는 타이츠를 신어야 한다. 불행 중 다행히 나는 풀독은 없었는데, 풀 알레르기가 있는 사람이라면 아마 난리 났을 것이다.

이날 내가 한 실수는 의상만이 아니었다. 날씨가 서늘했던 탓에 선크림 바르는 걸 깜빡한 거다. 산에서의 날씨는 예측할 수가 없다더니 오후 3시쯤 갑자기 휴대전화에 폭염주의보 문자가 왔다. 그 무렵, 나는 간월재 휴게소에서 라면을 먹고 있는 중이었다. 간월재를 지나 얼른 마지막 코스인 간월산까지 다녀와야 하는 미션이 남아 있었다. 그래서 더위를 참고 꾸역꾸역 간월산을 올랐는데 팔이 점점 빨갛게 달아오르기 시작했다. 그다음엔 다리가

빨갛게 달아오르더니 하산할 무렵엔 반소매와 반바지 라인을 기준으로 노출 부위 전체에 화상을 입었다.

태어나서 그렇게 타 본 적이 처음이라 처음엔 별일 아닌 줄 알았는데 시간이 갈수록 화상 부위가 화끈거렸다. 그 후로 일주일 동안은 정말 너무 따가워서 잠을 못 잘 정도였다. 영남알프스까지 간 김에 부산 지역도 여행하고 싶었는데 심하게 데인 탓에 산행 다음 날 집으로 돌아와야만 했다. 이 무슨 안타까운 시추에이션이란 말인가. 산행을 한두 번 해 본 것도 아니면서 나는 어쩌자고 선크림 바르는 걸 까먹었을까……. 되돌릴 수 없는 시간을 자책해 봤자 이미 너무 늦은 후였다.

영남알프스에서의 경험으로 깨달은 게 있다면, 아무리 날씨가 선선해도 빛에 노출되는 부위에는 꼭 선크림을 발라 주어야 한다는 거다. 많은 사람들이 알고 있겠지만 한 번 더 강조하고 싶은 마음이다.

여름철 장시간의 산행이면 여러 요소를 대비해 토시, 니삭스 같은 보호장치도 챙겨야 한다. 벌레 물림이나 풀독을 예방할 수 있고, 돌풍이나 소나기로 인한 갑작스러

운 기온 변화에도 요긴하게 대처할 수 있다. 만약의 경우
를 대비하는 센스가 매우 중요하다는 걸 배웠다.

QR코드를 대면
동영상을 볼 수 있습니다.

2장

등린이가 들려주는
산 이야기

산에도 있는 예절문화

등산하다 보면 좁고 가파른 길을 자주 만나는데 그런 상황에 반대편에서 오는 사람과 마주하는 경우가 종종 있다. 그럴 때면 나는 성격이 급한 탓인지 반대편에서 오는 사람보다 먼저 지나가려고 서둘러 내가 원하는 쪽으로 발을 내디뎠다. 그러다 마주 오는 상대방과 부딪힌 적이 있었는데 바로 옆이 낭떠러지라서 서로 눈살을 찌푸렸던 기억이 있다.

그런데 어느 날 등산을 하다 우연히 내 앞에 계신 분의 행동을 보게 되었다. 한 명 남짓 지나갈 수 있는 좁은 길이었는데, 그분은 저 멀리서 단체 등산객들이 내려오는 걸 보더니 잠시 길에서 벗어나 비켜서셨다. 그러곤 그들이 지나가기까지 기다리셨다. 처음엔 '응? 저렇게까지 비켜 준다고?' 생각했지만 곧이어 사람들이 우르르 지나가면서 모두 감사하다는 말을 전하는 모습을 보게 되었다. 얼마나 훈훈하던지 덩달아 뒤에서 기다리던 나까지 답례 인사를 받게 되어 기분이 좋았다.

예전에 먼저 가려고 서두르다 마주 오는 사람과 부딪혔던 게 생각났다. '그래, 좀 기다려 주면 어때. 어차피 여유를 즐기러 온 산인데 뭐가 그렇게 바쁘다고.'

등산은 혼자서도 얼마든지 가능한 운동이지만, 산이라는 자연을 함께 빌리면서 즐기는 만큼 산을 오를 때는 좀 더 너그럽고 여유로워야 할 의무가 있는 것 같다. 서두르지 않고, 양보하는 마음을 갖는 건 산에 초대받은 자로서의 기본 에티켓 같기도 하다.

그날 이후로 나는 산에서 마주치는 사람들과 자주 인사하며 좀 더 배려하는 마음을 갖기로 다짐했다. 지쳐서 잠시 쉬고 계시는 어르신을 보면 작은 사탕이라도 나눠 드리고, 방금 지나온 길이 미끄러울 땐 마주 오거나 뒤따라오는 사람에게 주의하라고 일러 주었다. 내가 먼저 그렇게 했다기보단 사람들에게서 보고 배운 거다. 그런 작은 친절을 주고받다 보니 별것 아닌 것처럼 보여도 산에서 서로를 배려하는 마음은 아주 중요하다는 걸 알게 됐다.

산은 길이 좁고 가파른 지형이 많아 항시 주의를 기울여야 한다. 자칫하다가는 좁은 길에서 서로 부딪혀 넘어지거나, 위험한 경우 절벽으로 떨어져 크게 다칠 수도 있다. 그래서 우측보행이 정말 중요한데, 안타깝게도 산에서 이 사항이 지켜지지 않을 때가 꽤 있다.

길거리에서나 지하철에서 우측통행이 중요하듯이 산에서도(아니, 산이라 더!) 우측보행은 꼭 지켜야 할 수칙이다. 지난봄 오봉산에서 로프에 의지해서 경사진 암석 구간을 올라가는데 위쪽에서 내려오는 어르신과 맞닥뜨려 굉장히 당황한 적이 있다. 우측보행의 원칙상 내려오는 길은 내 왼쪽이어야 하는 게 암묵적인 규칙이었다. 나이가 많은 분이었는데 내려올 때 나를 못 보셨거나 규칙을 잘 모르시는 것 같았다.

순간적으로 당황했는데 다행히 그분과 같이 오신 일행분이 그쪽은 올라오는 쪽이고 우측통행을 해야 한다고 말씀해 주셨다. "이쪽으로 오시면 안 되는데요"라고 말하고 싶었는데 대신 말씀해 주시니 감사했다. 어르신은 약간 당황하시면서도 제자리를 찾아가려 몸을 뒤척이셨다. 그분이 안전히 자리를 옮길 때까지 나도 잠시 내가 있던 자리에서 대기했다.

이렇게 연장자라 하더라도 몰라서 못 지키는 분도 있으니 상대가 다소 잘못했더라도 인상부터 찌푸리는 건 금물이다. 물론 알면서도 순간적으로 못 지키거나, 규칙 따위 아랑곳하지 않는 분들도 더러 있지만.

QR코드를 대면
동영상을 볼 수 있습니다.

무릎은 소중하니까

처음 등산을 시작할 때는 집 뒷산 위주로 다니다 보니 빈손 아니면 물통 하나 들고 산에 오르는 경우가 많았다. 하지만 본격적으로 등산이라는 취미를 가지고부터는 오르고 싶은 산이 점점 늘었고 그에 따라 더 많은 시간과 체력이 필요했다.

산에서는 체력을 보충하기 위해서 물, 간식, 에너지젤과 같은 비상식량을 꼭 챙겨 가야 한다. 장시간 등산을 위해서는 장비도 필요했는데, 무릎에 무리를 덜어 주는 무릎보호대와 스틱을 착용해 보았다.

스틱의 경우 처음에는 적응이 어려웠다. 산에 오를 때 손에 무언가를 쥐고 있는 것이 너무 불편하고 거추장스러 웠다. 그냥 맨몸으로 올라가도 힘든데 산행 내내 쥐고 있 으라니. 너무 귀찮잖아! 두 손이 자유로운 게 훨씬 중요하 다고 생각해 한동안 스틱 사용을 꺼렸었다.

그런데 시간이 지날수록 무릎에 무리가 오기 시작했다. '1주 1산'을 실천하던 어느 날이었다. 운악산에 올라 암석 으로 이루어진 급경사 코스를 타고 내려왔는데, 하산을 시작하기도 전부터 무릎이 얼얼했다. 무릎의 충격이 고스 란히 다리 전체로 퍼지는 느낌이었다. 하산 후에 평지를 걷는데도 무릎이 삐거덕거렸다. 그런 적이 처음인지라 덜 컥 겁부터 났다. 난 아직 어린데 벌써 무릎이 아프다니. 산 을 오래 타려면 무릎 관리부터 해야겠구나, 생각했다.

다른 사람들은 무릎 관리를 어떻게 하는지, 등산에 대 한 정보를 나누는 인터넷 커뮤니티에 물어보았다. 꼭 무 릎에 국한하지 않더라도 건강한 산행 요령이 있다면 알고 싶었다.

사실 등산은 무릎을 가장 상하게 하는 운동으로 알려져

있다. 많이 쓰면 닳기 마련이라 걸을 때 무릎을 많이 사용하기 때문에 더욱 그럴 것이다. 그렇지만 산의 맛을 본 사람이 고작(?) 이러한 이유로 등산을 포기할 수는 없는 법이다. 그래서 조언을 따라 바로 실행한 게 무릎보호대와 스틱이었다.

스틱을 사용할 땐 보다 많은 주의가 필요하다. 자칫 잘못 사용하다가는 무기가 될 수도 있기 때문이다. 끝이 뾰족하기 때문에 스틱은 항상 땅에 붙어 있어야 한다. 올라가면서 스틱을 아무 생각 없이 뒤로 뻗을 경우 뒤에 있는 사람이 다칠 수 있으니 각별히 유의해야 한다. 내려갈 때 역시 스틱의 끝이 무심코 뒤에 있는 사람을 공격할 수 있으니 스틱을 사용할 땐 항시 끝이 땅을 향해야 한다는 점을 명심 또 명심하자.

장비와 상관없는 얘기지만, 코스를 미리 확인하고 산행하는 것도 무릎을 보호하는 방법이다.

순전히 내 경험인데, 일전에 운악산에 오를 때 코스를 확인하지 않고 1코스로 올라 2코스로 하산하는 바람에 안 그래도 아픈 무릎에 더 무리가 간 적이 있다. 2코스가 암

벽 위주의 난코스라는 걸 미리 숙지했다면 아마도 1코스로 하산했을 거다. 만약 무릎을 조심해야 한다면 가끔 포기해야 하는 코스도 생길 것이다.

운악산은 경기도의 설악산이라 불릴 만큼 멋진 암석 절경을 자랑한다. 내가 하산할 때 별생각 없이 2코스를 선택한 것도 그 때문인데, 1코스는 시작 부근이 아스팔트 바닥(임도길)이라 조금 심심하지만 2코스는 운악산의 바위 절경을 볼 수 있어 사람들이 많이 선택하는 코스였기 때문이다. 뭐, 결과적으로 눈 호강과 무릎 고생을 맞바꿨다고나 할까.

물론 운악산의 절경을 두 눈에 담아 온 사람으로서 누가 운악산에 간다고 하면 나는 주저 없이 2코스를 추천할 거다. 그러나 꼭 이 말도 덧붙여야겠다. 2코스로 하산할 경우 무릎 고생은 각오하라고.

길치가 산을 만나면

평소 방향 감각이 좋은 편은 아니다. 초행길인 경우 매번 목적지에 닿기까지 여러 번의 시행착오를 겪곤 한다. 혼자 LA에 여행 갔을 땐 숙소 가까이 다 와 놓고도 어디 있는지 찾지 못해 30분을 헤맨 적이 있다. 분명 근처 같은데 숙소가 보이질 않는 거다. 결국, 눈앞에 목적지를 두고 지나가는 외국인한테 물어 물어서 몇 번의 뺑뺑이 끝에 숙소를 찾을 수 있었다. 가뜩이나 짐도 무거운데 너무 바보 같아서 어찌나 짜증이 나던지. 그날 이후로 스스로 길치임을 인정할 수밖에 없었다.

길치인 주제에 구글 맵을 의존하지 않는 똥배짱은 어디서 왔을까. 지도를 봐도 헷갈리기 때문에 '왠지 나의 감으론 저쪽 같아' 하면서 느낌에 의지해 발걸음을 옮기는 건데, 슬프게도 내 육감은 적중률이 낮아서 제자리로 돌아올 때가 많다.

다시 산행 얘기로 돌아오면 산에도 등산로라는 닦여진 길이 있다. 국립공원같이 사람들의 발길이 잦은 산은 이정표가 알아보기 쉽게 설치돼 있지만, 잘 알려지지 않은 곳이나 동네 뒷산처럼 규모가 작은 산일 경우 이정표가 엉터리거나 아예 없는 곳도 많다.

그러고 보니 산에서도 길을 잃어서 식겁했던 적이 있다. 광교산으로 '혼산(혼자 하는 산행)' 하러 간 날이었는데, 동네 뒷산이라 어렸을 때부터 아빠와 자주 갔기 때문에 가벼운 마음으로 산행을 시작했다. 시루봉까지 올라가는데 예상했던 것보다 한 시간이나 오버 되어서 내려갈 때 어두워질 수 있겠구나, 생각은 하고 있었다.

항상 내려오던 길로 내려온 것 같은데 왠지 길이 낯설었다. 사람은 한 명도 안 보이고 생전 처음 보는 건물 하나가 눈에 들어왔다. 산 중턱에 저런 건물이 있었나, 의아했다. 길을 잘못 들었다고 생각하고 다시 길을 나서는데 날이 조금씩 어두워지기 시작했다. 아까, 살짝 이 길이 아닌가 싶었을 때 이정표 옆에 있던 지도를 확인하지 않은 게 후회됐다.

휴대전화 배터리도 다 떨어지고, 주변에 사람도 없어서 너무 무서웠는데 저 멀리서 어떤 아저씨가 다가오는 게 보였다(사실 그게 더 무서웠다). 어둑어둑한 산속에서 저분과 나, 단둘이라니. '산속에서 가끔 안 좋은 사건이 나서 뉴스에 나오던데. 혹시 나쁜 사람은 아니겠지?' 너무 예민해진 나머지 애꿎은 아저씨를 경계하면서 빠른 속도로 무작정 위를 향해 걸었다. 제일 높은 곳이 정상이니까 계속 위로 가다 보면 다시 정상이 나오거나 익숙한 등산로가 나타나리라고 생각했다.

무서운 속도로 걷다 보니 어느새 아저씨는 보이지 않았다. 내가 무서워하는 걸 알고 일부러 천천히 걸어오시는 거 같았다. 지금 생각해 보면 그분도 산속에서 길을 잃었던 것 같은데, 그분 입장에선 그 상황이 난처했을 수도 있을 거 같다.

30분 정도 더 걸었을까. 다행히 표지판이 보이면서 한시름 놓을 수 있었지만, 당시엔 너무나 무서운 경험이라 지금까지 기억이 생생하다. 익숙한 산이라고 감에 의존해서 하산한 것이 그렇게 큰일(?)로 이어질 줄이야……

그날 이후로 나는 모르는 길이나 갈림길이 나오면 그 자리에서 지도를 확인하고 출발하는 작은 습관이 하나 생겼다. 꼭 이렇게 된통 당하고서야 배우는 내가 나도 맘에 안 들지만 그래도 지도 보기와 좀 친해졌으니, 길치로서는 다행인 일이다.

등산지도 앱은 여러 가지가 있지만 내가 자주 사용하는 앱은 트랭글(Tranggle)이다. 그 외에도 램블러(Ramblr), 루가(Luga), 산길샘 등 여러 종류가 있지만, 핵심 기능은 비슷비슷하니 사용자의 필요와 용도에 적합한 것을 이용하면 될 것 같다.

나는 등산을 시작할 때 트랭글 앱을 켜 놓고 시작하는데, 중간중간 내 속도와 진행 시간을 체크해 주고, 정상 인근에선 정상에 거의 도달했다는 안내를 구간별로 음성 지원해 주어서 여러모로 도움이 된다.

'현재 평균속도는 2.5km이며 두 시간째 운동 중입니다.'

이런 식인데, 혼자 산행하다가 생각지도 못한 타이밍에 안내 음성이 들리면 깜짝깜짝 놀라긴 하지만 동시에 반갑기도 해서 어쩐지 힘이 난다. 등산코스 기록, 시간 기록 기능 외에도 총 걸음 수와 칼로리 소모량을 확인할 수 있다. 여러모로 스마트한 재미를 더해 주는 앱이다.

산을 그냥 오를 때와 무언가 기록을 남기며 오를 때의 기분은 조금 다르다. 나는 산을 오르기 시작하면서 기록에 재미를 느끼기 시작했는데, 이런 기록이 하나둘 늘어날수록 산에 다닌다는 것에 더 뿌듯함을 느낀다. 또, 지난번 산행에 걸린 시간이나 코스 기록 등을 찾아보는 게 의외로 재밌다. 마치 치킨 쿠폰을 몇 개나 모았는지 확인하는 기분이랄까. 적립한 횟수만큼 괜히 기분이 좋아진다.

그런데 간혹 기록이 헛수고일 때가 있다. 하산 후에 등산 종료 버튼을 누르지 않아서 그날의 산행 기록을 포기해야 하는 경우가 적지 않다. 어느 날은 하산 후 차를 타고 이동하는데 난데없이 그녀(?)의 목소리가 튀어나왔다. 종

료 버튼 누르는 것을 깜빡했더니 갑자기 빨라진 평균속도를 감지하고 안내하는 거였다. '아 오늘 기록은 망했구나.' 앱 사용이 몸에 배지 않아 자주 하게 되는 실수다.

그래도 고작 그런 일로 마음이 상하지는 않는다. 기록은 날아갔어도 오늘 내가 그 산에 갔다는 사실은 변하지 않으니까. 앱이 다 기록하지 못한 기분과 풍경은 고스란히 내 안에 저장됐으니까.

혼산은 외롭지 않아

요즘 대세인 혼산은 '혼자 하는 산행'의 줄임말이다. 혼자 밥을 먹고 영화를 보고 여행을 가는 것처럼 홀로 산을 즐기는 사람들이 많아진 거다. 어쩌면 등산은 혼자 무엇을 하는 것이 익숙해진 요즘 시대에 가장 어울리는 운동이 아닐까 한다. 산에선 혼자여도 이상할 게 없고, 산을 혼자 오른다고 외롭지도 않다.

최근 나의 혼산은 청계산이다. 우리 집에서 가깝기도 하고 어렸을 적에 아빠랑 많이 가 보아서 친근한 산이다. 아침 일찍 일어나 가방을 꾸리고 전날 엄마가 얼려 준 얼음물을 챙겨 집을 나섰다. 청계산 입구에서 김밥을 한 줄 사서 가방에 넣고는 등산로 입구에서 지도를 보고 산행을 시작했다.

혼자 산행할 때는 되도록 사람들이 많이 가는 길을 피해 정상까지 가는 최단거리 코스를 고른다. 그래도 등산 인파가 상당해서, 이쪽저쪽에서 들리는 등산객들의 소리에 심심할 틈이 없다. 시끄러울 땐 에어팟을 끼고 음악 감상을 하면 된다. 혼자 가면 심심하지 않으냐고 많이들 물어보는데 그렇지 않다. 등산하는 동안 이런저런 생각을 정리할 수 있어 좋고, 무엇보다 그럴 때 정리한 생각은 조급하게 내린 판단이 아니라서 대부분 후회할 일이 적다.

혼자 산행할 땐 쉬는 시간이 줄어서인지 여럿일 때보다 빨리 정상에 도달한다. 혼산의 유일한 단점이라면 사진 촬영에 제약이 있다는 건데, 셀카 외에 전신사진이나 배경이 잘 잡힌 사진을 찍기가 어렵기 때문이다.

도착하자마자 인증 사진을 찍으러 매봉 정상석에 갔더니 사람들이 너무 많아서 일단 매바위로 향했다. 그러나 매바위도 사람이 많기는 마찬가지. 모름지기 사람들이 바글바글한 곳은 다 이유가 있는 법이다. 그 자리에서 찍으면 사진이 잘 나온다는 게 보장된 거나 다름없으니까.

사람들이 어디에 서서 어떻게 찍는지를 좀 지켜본 다음 마음 좋아 보이는 부부 뒤에 가서 줄을 섰다. 남편분이 부인 사진을 찰칵찰칵 찍어 주셨는데, 어깨너머로만 봐도 휴대전화 화면 속 구도며 배경이 나무랄 데가 없었다.

"혼자 와서 그러는데 사진 좀 찍어 주실 수 있을까요?"

남편분께서 흔쾌히 휴대전화를 받아 능숙한 자세로 몇 장 찍어 주셨다. 솔직히 큰 기대는 안 했는데 생각보다 너무 잘 나와서 깜짝 놀랐다. 역시 다들 산속 고수답다. 어디를 어떻게 담아내야 사진이 잘 나오는지 다 알고 계신 게 틀림없다. 감사하다고 말씀드리고 답례로 두 분이 같이 있는 사진을 찍어 드렸다.

매봉 정상석에서도 다른 분의 도움으로 인증샷을 찍었다. 혼자 가면 이렇게 도움을 빌려야 할 때가 종종 있지만, 다행히 다들 마음이 좋아서 요청을 거절하는 사람은 거의 없다. 물론 내가 찍은 사진이 아니니 결과가 만족스럽지 못할 때도 있지만, 사진이 맘에 안 들면 몰래 다른 분에게

다시 한번 요청하면 그만이다.

요즘은 셀카봉이 잘 나와서 혼산하는 사람들의 사진 찍는 어려움을 덜어주기도 한다. 나 또한 셀카봉을 애정하는 편이라서 산행할 때 자주 들고 간다. 요즘 셀카봉은 삼각대 기능도 겸해서 평평한 바닥을 찾아 세워 놓고 찍을 수도 있다. 편리를 좇아 이런저런 발명품이 등장하는 형세를 보면 혼자 살기 참 좋아졌다는 감탄도 나온다. 개인주의가 심화한다고 우려하는 이들도 있겠지만 혼자서도 꿋꿋이 잘 살아가도록 열심히 방법을 찾는 것은 좋은 일이니까.

그렇지만 셀카봉의 삼각대 기능으로도 사진 찍기 어려운 곳에선 주변 분들의 도움을 받을 수밖에 없다. 초면에 거절당할까 봐 부탁을 못 하는 성격도 있을 텐데, 지나가는 등산객에게 정중히 부탁하면 정말 흔쾌히 잘 찍어 주시니 그런 걱정일랑 넣어 두라고 말하고 싶다.

옥녀봉으로 가는 길에 분홍 진달래 군락이 너무 예뻐서 사진에 진달래와 나를 함께 담고 싶었다. 지나가는 아빠 또래의 분께 사진을 부탁드렸더니 이번에도 흔쾌히 도와 주셨다. 왕년에 사진 좀 찍어 보셨는지 한두 장에 그치지 않고 계속 다른 포즈를 요구하며 아낌없이 셔터를 누르셨다. 나처럼 사진 찍는 걸 좋아하는 사람이 혼산 중에 이런 분을 만나는 건 행운이다. 셀카봉으론 다 담을 수 없는 사각지대의 한계를 시원하게 날려 주는 고마운 인연이다.

또, 혼산을 해도 외롭지 않은 이유는 산에서는 누구와도 쉽게 친구가 될 수 있기 때문이다.

대전의 계룡산에서 만난 산친구는 경상도 분이었다. 당시 나는 100대 명산 오르기에 도전 중이었는데 계룡산은 나의 20번째 산행이었다. 계룡산 정상에서 만난 그분께 그 이야기를 했더니 나처럼 스무 번에서 서른 번 남짓 산을 탔을 때 고비가 한 번 찾아올 거라고 조언해 주셨다. 산을 타기 힘들어질 때가 올 텐데 잘 이겨 내라고.

그분은 산악회 활동으로 등산을 시작했지만 개인적으론 동호회 사람들과 단체로 100대 명산 오르기에 도전하는 건 좋은 생각이 아닌 것 같다고 하셨다(물론 100대 명산 도전 같은 원대한(?) 목표 없이 그냥 산이 좋아 산악회에 들어간 분들은 상관없는 이야기다). 각자의 페이스가 다른데 본인 페이스에

맞추지 못하고 무리하는 경우가 대부분이기 때문이다. 본인이 그래서 고생했다며 경험담을 얘기해 주셔서 아주 귀에 쏙쏙 들어왔다. 나는 100대 명산에 도전할 땐 혼자 아니면 둘이 다닌다고 했더니 그게 좋은 것 같다고 맞장구쳐 주셨다.

그 외에 다니면서 정말 좋았던 산도 추천해 주셨다.

"전라도에 팔영산이라는 산이 그렇게 좋을 수 없어요. 보통 100대 명산 도전을 하다 보면 기록에 연연해서 봉만 인증하고 내려오는 사람도 많단 말이에요. 근데 여기는 그러지 말고 시간을 좀 두고 여유 있게 다 보고 와야 해요. 안 그러면 평생 후회해요."

80좌 이상을 다녀오신 산친구가 추천해 주는 곳이라니 듣기만 해도 기대가 되었다. 취미 하나로 나이 상관없이 친구가 될 수 있는 것, 산이 아니면 좀처럼 누릴 수 없는 특별한 경험이다.

산친구가 생겼다

함께하는 산행을 줄임말로 '함산'이라고 부른다. 나는 따로 등산동호회나 산악회에 가입하지 않아서 취미를 공유할 만한 산친구를 만나기가 쉽지 않았는데, 요즘 즐기는 인스타그램에서 나와 같은 취미를 가진 친구들을 만날 기회가 있었다.

나는 산에 다녀올 때마다 내가 도전하고 있는 '블랙야크 100대 명산'을 인증하고 SNS 계정에 관련 사진을 올렸다. 산에 대한 정보도 공유하고 다녀온 기록을 남기기 위해서다. 이런 사진을 올리면서 자연스럽게 나와 취미가 같은 인스타그램 친구들을 만나게 되었다.

산이라는 공통된 취미를 갖고 있어서인지 종종 아직 내가 가 보지 못한 산에 대한 정보를 얻을 수 있어 좋았다. 어떤 코스가 좋은지, 산행 시간은 얼마나 걸리는지부터 주차는 어디에 해야 하는지, 등산로 입구에 화장실은 있는지 같은 사사로운 정보까지 인스타그램 친구들이 알려주었다. 물론 검색하면 다 나오는 정보겠지만 SNS 친구들에게서 직접 듣는 것이 더 믿음직스럽고 일단 그런 대화를 나누는 것 자체가 재미있었다.

J와는 '산 빙고' 게임을 하면서 친해졌다. 각자 빈칸에 적은 산 이름을 차례대로 대면서 먼저 빙고를 이루는 사람이 이기는 게임인데, 다양한 산 이름을 아는 쪽이 유리해서 같이 하다 보면 상대가 얼마나 산을 많이 다니는지 알 수 있다. 마침 J와 내가 둘 다 안 가 본 산이 있기에 "그럼 같이 가 보지 않을래?" 해서 몇 주 뒤 서울 불암산에서 만나게 됐다.

J를 만나기 전, SNS에서 알게 된 사람을 실제로 만나면 어떤 기분일까 설레기도 하고 조금 긴장됐다. J에 대해 아

는 게 적었기 때문에 혹시 성격이 맞지 않으면 산행 내내 어색할 텐데 어쩌나, 그런 걱정도 했던 거 같다. 하지만 기우와 달리 우리는 보자마자 어색할 틈도 없이 이런저런 이야기로 산행을 시작했다. J는 나보다 5살 많았지만, 내가 부담 느끼지 않게 친구처럼 편하게 대해 주었다. 나처럼 직장생활을 하다가 몇 년 전에 필라테스 강사로 전업했다고 했다. 그 선택을 하기까지 고민이 적지 않았을 텐데 다행히 지금 하는 일이 너무 좋고 잘 맞는다고 해서 나도 괜히 기뻤다.

직업을 바꾸는 건 누구에게나 쉽지 않은 일이다. 그 자체로 엄청난 도전이고 적지 않은 걸 걸어야 하는 모험이라고 생각한다. 그래도 나는 누가 하고 싶은 게 있어서 일을 그만두고 싶다고 하면 응원해 주고 싶다. 하고 싶은 게 있다는 것만으로도 행복한 일이기 때문이다.

자신이 무얼 하고 싶은지 모르는 사람이 세상에는 엄청 많다. 사회생활에 이리저리 치이다 보면 자신이 무얼 원하는지 신경 쓸 겨를이 없는 거다. 나도 그랬었다. 중요한 건 이제라도 알려고 노력하는 자세라고 생각한다. 자신이 원하는 게 뭔지 알고자 이것도 해 보고 저것도 해 보는 거다. 여행이라든지, 운동이라든지, 책이라든지. 조금씩 경험을 쌓아 가면서 좋아하는 걸 발견하고 개발해 나가는 게 중요하다고 생각한다.

그렇게 사는 이야기, 고민거리, 어떻게 산을 좋아하게 됐는지 같은 얘기를 나누는 사이 우리는 어느새 정상에 도착해 있었다. 정상에서 J와 인증 사진을 남기고 내려와서 같이 커피를 마셨다. 오늘 처음 만난 사람인데도 왠지 오래 보아 온 사람처럼 편안했다. 함께 나눈 대화가 즐거워서일까, J에게서 좋은 에너지를 나눠 받은 느낌이었다. 다음 산행을 기약하며 J와 헤어질 때 내가 받은 느낌을 전했더니 J도 내게서 그런 기운을 느꼈다고 했다. 만나면 어딘지 모르게 기분 좋아지는 사람. 이런 것도 산을 좋아하는 사람들의 특징인 걸까?

3장

산이라고
다 같은 산은 아니야

일출, 타이밍이 중요해

겨울 설산이 유명한 계방산에서 처음 일출을 보았다. 해가 뜨는 순간을 직접 본 적은 그때가 처음이었다.

일출 산행을 하기 전날, 집에서 준비물을 챙겼다. 겨울 산행은 챙겨야 할 것들이 많은데, 대략 적어 보면 아래와 같다. 참고로 1박용이다.

가방 크기 : 25 ℓ (소형)
준비물 : 경량 패딩, 보온장갑, 고어텍스 장갑, 수건, 아이젠, 스패치, 방석, 무릎보호대, 넥워머, 물통, 헤드 랜턴, 젓가락, 스틱, 그 외 식량!

산을 타지 않았다면 평생 이런 걸 언제 써 볼까 싶은 것들이 가방에 들어갔다. 그중에서도 헤드 랜턴은 일출 산행의 필수품이다. 요걸 빠뜨리면 산 앞에 도착해도 아마 발을 떼기가 쉽지 않을 거다. 산에는 가로등이 없기 때문에 오로지 내 머리 위에 달린 헤드 랜턴의 불빛에 의지해 산을 올라야 한다. 그러므로 해가 진 후에 하는 산행에선 제일 먼저 챙겨야 할 준비물이다.

겨울철 산행에서는 아이젠과 스패치를 빠뜨릴 수 없다. 모두 보온과 안전을 위한 장비다. 전쟁에 비유한다면 아이젠은 총이고 스패치와 장갑은 수류탄과 방탄복쯤 된다.

아이젠은 미끄러움을 방지하는 장비다. 얼음이나 쌓인 눈을 밟을 때 아이젠을 착용하면 잘 미끄러지지 않는다. 스패치는 종아리에 착용하는 것으로 신발 안에 눈이 들어오지 않도록 막아 준다. 신발에 눈이 들어오면 발이 젖어서 동상에 걸리기 쉽다. 동상에 걸릴 뻔한 경험을 해 본 사람이라면 반드시 가방에 챙기게 되는 아주 요긴한 장비다.

그 외 넥워머, 장갑 등도 겨울철 산행에 기본적으로 챙기면 좋은 것들이다. 나는 꼭 보온용 장갑과 고어텍스용

장갑, 두 가지를 같이 챙겨 간다. 처음 겨울 산행을 하러 갔을 때 장갑을 착용해도 손이 너무 시렸던 경험 때문이다. 이러다 진짜 동상 걸리는 거 아닌가 싶을 정도로 추웠는데, 보온용 장갑 위에 고어텍스용 장갑까지 껴야 영하권 추위를 버틸 수 있다는 걸 뒤늦게 알았다. 계방산에 갈 때 두 개를 같이 껴 보았더니 확실히 보온 효과가 달랐다. 산행 중 손을 사용해야 할 때는 장갑을 두 번 벗어야 하니 좀 번거롭기는 하지만.

계방산 운두령에 5시 50분에 도착했다.

조금 늦어서 거의 정상쯤 다다랐을 때 이미 해가 떠버렸는데, 그 모습마저도 잊을 수 없는 장관이었다. 해가 떠오를 자리에 먼저 여명이 빨간색으로 물들었다. 그리고 서서히 선명한 해가 떠올랐다. 동그랗게 떠오른 해 아래로 쫙 깔린 운해를 처음 보았다. 구름이 수평으로 깔린 모습이 마치 태양이 덮고 잔 구름 침대 같았다. 가까이서 보니 너무 장관인데, 오래 머물러 바라보기에는 날씨가 너무 추웠다. 결국 정상에 오래 머무르지 못하고 사진을 남긴 뒤 후다닥 하산을 시작했다. 해 뜨는 시각이 하루 중 가장 춥다더니 다들 챙겨 온 외투부터 꺼내 입었다. 안 그러면 올라오면서 흘린 땀이 급작스레 식어 감기 걸리기 십상이었다.

하산을 마치니 오전 9시 30분밖에 안 되었다. 산에 오지 않았더라면 주말에 늦잠을 자고 있을 시간인데 내려오면서 마주친 등산객들로부터 "벌써 타고 내려오다니 부지런하십니다!"란 칭찬을 들어서인지 뿌듯하고 기분이 좋았다. 일출 산행이라는 게 이런 맛이구나. 역시, 아침잠과 추위를 이겨 내고 여기까지 온 보람이 있었다.

두 번째 일출 산행은 태백산이었다. 이날은 좀 고생을 했는데 다소 부지런했던 게 화근(?)이었다.

겨울 일출은 타이밍이 중요하다. 너무 늦게 가도 안 되지만 너무 일찍 가도 낭패를 볼 수 있다. 너무 일찍 가면 일출까지 기다리는 동안 정말이지 너무 추워서 칼바람의 진수를 맛보게 된다. 나중에는 온몸이 얼어붙어서 그냥 내려가고 싶다는 생각밖에 안 들 정도다. 또, 너무 늦게 가면 해가 떠버려서 일출을 놓친다. 사실 이런 경우는 종종 있는 편이라 못 보면 어쩔 수 없는 거라 여기며 남은 산행을 즐기면 그만이다. 그렇더라도 모처럼 일출을 보겠다고 일찍 일어난 만큼 조금만 더 서두르면 좋았을 걸 그랬다는 후회가 쉽게 가시지 않는다.

이날의 산행은 전자였다. 일찍 모이기도 했고, 정상까지 오르는 시간도 얼마 걸리지 않아 정상에서 30분을 기다렸다. 정상에 도착하니 우리보다 먼저 온 분들이 있었는데, 모두 카메라를 설치하고 해가 나오기만 기다리는 중이었다. 일명 찍사 선생님들로, 추위에 당황하지 않는 모습이 한두 번 와 본 느낌이 아니었다. 호주머니 속에 핫팩 하나씩 쥐고 묵묵히 카메라 앞에 서 계셨다.

어서 사진을 찍고 후다닥 내려가고 싶었지만 해가 뜨지 않아 이를 악물고 기다렸다. 두꺼운 다운을 입어도 이렇게 추울 수 있나 싶을 정도로 매서운 칼바람이 얼굴을 때렸다. 양손에 핫팩이 있는데도 욕이 나올 정도로 추웠다. 그렇게 한 시간 같던 30분을 기다려 떠오르는 태양을 봤다. 고생해서 기다린 만큼 완벽하게 동그랗고 붉은 얼굴이었다.

추위를 오래 참아서 그런지 하산하는 내내 몸이 얼어

있었다. 이래서 일출 시각을 잘 맞춰 올라가라고 하는 거구나. 다음번엔 일출 시각과 소요 시간을 꼼꼼히 확인하고 와야겠다고 다짐했다.

겨울철 일출 산행은 날씨도 따라 줘야 하고 타이밍도 잘 맞춰야 하는 등 제약이 있다. 하지만 쉽게 해낼 수 없는 만큼 그렇게 보고 싶던 일출을 눈앞에서 보았을 때 생기는 감동과 보람은 몇 배로 크다. 나는 그게 여기까지 오느라 수고했다며 태양이 주는 선물 같았다.

QR코드를 대면
동영상을 볼 수 있습니다.

이런 게 힐링이지

겨울에 일출 산행을 맛보았다면 여름엔 일몰 산행을 추천한다.

나는 잠을 충분히 자야 산을 오를 때 컨디션이 좋아서, 개인적으로 여름에는 일출보다 일몰 산행을 선호한다. 사실 지난여름에 일출 산행을 두 번 정도 시도했는데, 모두 산에 도착하자마자 해가 떠서 제대로 성공하지 못했다. 도착한 시간이 새벽 5시인데도 이미 날이 훤했기 때문이다. 그래서 어쩔 수 없이(?) 자연스레 일몰을 보게 되었다.

그런데 나의 몇몇 인스타그램 친구 중에는 여름에도 일

출 산행을 즐기는 분들이 있다. 이런 분을 보면 진짜 존경하지 않을 수 없다. 여름에 산에서 일출을 보려면 잠을 안 자고 밤에 출발해야 한다. 할 수는 있지만 나는 잠을 자야 산을 탈 체력이 생기고, 몸이 덜 피곤해 주변의 아름다움을 눈에 담으며 산에 오를 수 있기에 체력을 보충하고 가는 것을 선호한다.

해가 지고 나면 도시의 불빛만 남게 되는데 이때가 되면 '야등(야간 등산)'을 하시는 분들이 있다. 나는 야등을 하지는 않았지만, 일몰을 보고 내려갈 생각이라서 헤드 랜턴과 따뜻한 겉옷을 챙겼다. 가벼운 일몰 산행 시 헤드 랜턴과 겉옷은 필수지만, 헤드 랜턴이 없을 땐 휴대전화 플래시를 이용하기도 한다.

일몰 산행은 가을에 서울 용마산에서 처음 해 보았다. 서울에는 용마산, 북한산, 아차산, 인왕산 같은 일몰의 명소가 꽤 있는데, 용마산은 교통도 편리하고 산세가 오르기 무난해서 누구나 부담 없이 찾을 만한 산이다. 당연히 방문객도 엄청난데, 타지 사람들보다는 인근에 사는 사람들이 더 많아 보였다. 가벼운 옷차림의 가족, 연인, 친구들이 동네 뒷산 오르듯 삼삼오오 다니는 모습이 쉽게 눈에 띄었다.

일몰을 보러 간 날은 미세먼지 하나 없는 맑은 날이었다. 늦은 점심을 먹고 여유 있게 용마산으로 향했다. 올라가면서 산에서 보는 일몰은 어떨까 생각해 봤다. 이미 일출의 장엄함을 목격한 터라 과연 일몰도 그만큼 멋질까, 의구심이 일기도 했다.

정상에 도착하니 이미 많은 이들이 일몰을 기다리고 있었다. 사람들은 어떻게 알고 이 시간에 와서 일몰을 기다리고 있을까. 마치 에버랜드에 갔을 때 폭죽놀이가 시작하면 순식간에 사람들이 모여드는 것 같은 느낌이었다. 시간이 지나고 해가 점점 내려가면서 태양 주위가 붉어졌다. 도시 밑으로 퍼지는 노을빛이 빨갛게 물들 때 무언가 알 수 없는 감정이 북받쳐 올랐다. 이건 뭐, 너무나도 낭만적이지 않은가 말이다.

적당한 온도, 빨갛게 물든 노을, 시원한 바람, 티끌 하나 없는 하늘, 그 밑에서 밝아 오는 도시의 불빛까지. 뭐 하나 빠지는 것 없이 낭만을 즐기기에 완벽했다. 그 아름다운

풍경을 나는 한참을 가만히 바라보았다. 마음 같아선 자리라도 깔고 노을빛을 닮은 와인 한잔해야 할 판이었다. 내가 이렇게까지 감성적인 사람일 줄이야. 나는 가슴이 왜 뭉클한지도 모른 채 계속 해 지는 쪽만 바라봤다.

이런 게 힐링이지. 기분이 몽글몽글 행복했다. 예전에는 전망 좋은 호텔에서 도심의 뷰를 감상했다면 이제는 높은 산에서 이렇게 프레임 없는 풍경을 즐긴다. 등산을 시작하고부터 생활방식도 취향도 많이 바뀌었다. 예전의 난 빈번한 야근으로 쌓인 피로를 주말의 늦잠으로 풀었고, 분위기 좋은 호텔이나 레스토랑에서 비싼 음식 먹는 걸 좋아했다. 그런 것들이 사회에서 열심히 노동한 것에 대한 보상이라 여겼던 거 같다. 그러면서도 스트레스에는 취약해서, 주중에는 다시 업무와 인간관계에 치여 늘 파김치가 되는 생활을 반복했다.

그렇게 쉼과 여유 없이, 다람쥐 쳇바퀴 돌듯 살던 나는 산을 다니고부터 조금씩 변하기 시작했다. 조급했던 마음에 여유가 생기고, 눈에 좋은 것들을 담다 보니 긍정적인 에너지가 생긴 것 같다.

산에서 내려다보면 서울은 너무나도 작은 도시였다. 그렇게 커 보이던 고층빌딩도 산 위에서는 고만고만한 성냥갑일 뿐이다. 인생에서 크게 여겼던 것들이 실상은 그렇게 작은 것일 수 있다는 생각이 들었다.

어쩌면 아무것도 아닌 일들에 나는 그토록 연연하고 전전긍긍했던 걸까. 그렇게 생각하니 왠지 허무하기도 하고 홀가분하기도 했다. 어차피 일어날 일은 일어나고 사람은 살아가기 마련인데. 그러니 살면서 일어나는 일들에 너무 많은 의미를 부여하지는 말아야겠다. 그게 무엇이든.

몽실몽실 구름바다

등산을 다니면서 운해를 본 적은 손에 꼽는다. 그만큼 쉽게 볼 수 없는 게 구름바다인데, 비가 온 다음 날 운이 좋으면 볼 수 있지만 구름이 너무 많아지면 곰탕처럼 뿌옇게 돼 아무것도 안 보이기 때문이다. 운해는 그날의 날씨 운이 도와줘야 볼 수 있는 것이다.

나의 첫 운해는 작년 3월, 봄이 오기 전에 다녀온 계방산 일출 산행 때였다. 이때만 해도 운해가 뭔지도 모르고 산에 올랐다. 당연히 기대도 없었다. 일출을 보겠다는 생각으로 이른 아침 산에 올랐는데, 정상에 못 미쳐 벌써 해

가 뜨고 있었다. 서둘러 발걸음을 재촉하다가 정상을 앞두고 정말 깜짝 놀랄 광경을 보았다.

'우와! 저게 뭐지? 안개야, 구름이야?'

저 멀리 펼쳐진 산등성이 위에 구름 침대같이 몽실몽실한 것들이 깔려 있었다. 어찌나 포근해 보이던지 할 수 있다면 그 위에 눕고 싶을 정도였다. 구름이라고 하면 그냥 하늘을 올려다볼 때 떠 있던 구름이 다였는데. 구름과 대등한 높이에서 그 모습을 바라보다니 신선놀음이 따로 없었다.

한참 후 정상에 도착했을 땐 더 놀라운 장면이 기다리고 있었다. 두 발아래 구름이 좍 깔려 있는데, 그 모습이 너무 비현실적이라서 두 눈으로 보고 있는 것이 구름이 맞는지 실감이 나지 않아 한동안 같은 자리에 붙박인 듯 서 있었다. 곁에 있던 사람들이 그것을 운해라고 불렀다. 구름 운, 바다 해. 내가 침대 같다고 생각한 걸 누군가는 바다 같다고 생각했구나. 정말 낭만적인 이름이었다. 산이 가진 매력 또 하나 발견. 산에 갈 이유가 또 하나 생겼다.

가장 기억에 남는 운해는 대둔산에서였다. 특별히 운해

가 멋있어서 기억에 남는다기보다 이날의 산행이 너무 인상 깊어서다. 9월 초에 다녀왔는데, 아직 여름이라 5시면 해가 뜨기 시작해서 2시간도 못 자고 일어나야 했다. 집에서 새벽 1시 반에 출발하여 3시 30분에 대둔산 입구에 도착했다.

하늘은 별 하나 없이 깜깜했다. 가방에서 헤드 랜턴을 꺼내 머리에 쓰고 출발하는데 너무 어두워서 함께 오르는 사람들이 잘 안 보일 정도였다. 그런데 한 방울 두 방울 비가 내리기 시작했다. 응? 비가 왜 오지? 분명 비는 안 온다고 했는데……. 미리 날씨를 체크했던 터라 잠깐 몇 방울 떨어지다 말겠지 하면서 산행을 계속했다. 그런데 얼마 지나지 않아 장대비가 쏟아지는 거였다. 와……. 계속 맞고 있다가는 온몸이 다 젖겠는데?

부랴부랴 챙겨 온 재킷을 꺼내 입었다. 방수되는 옷이라 다행이라고 생각하고 있는데 저 멀리서 다른 일행의 랜턴 불빛이 보였다.

"어? 저기 사람들이 와요!"

궂은 날씨에 다른 사람들을 만나니 왠지 위로가 됐다.

새로 합류한 분들은 남자 한 분, 여자 두 분이었는데 부모님 연배로 보였다. 우리더러 어디서 왔느냐고 물으셔서 서울에서 일출 보러 왔다고 하니까 그 먼 데서 어떻게 이 시간에 올 수 있냐고 놀라워하셨다. 그때까지만 해도 우리 모두 비가 곧 그칠 거로 생각했다.

기세가 살짝 누그러든 것 같아 다시 비를 맞으며 등산을 시작했다. 그런데 빗줄기가 얇아질 생각은 않고 어째 자꾸만 굵어지는 것이었다. 대둔산 중간쯤에 막걸리 파는 가게가 있는데 새벽 시간이라 문을 열지는 않았지만 안쪽에 공간이 있어서 다른 등산객들과 함께 들어가 비를 피할 수 있었다. 합류한 분들이 비가 너무 많이 와서 일출은 볼 수 없을 거라고 하셨다. 그러나 일출은 이미 문제가 아니었다. 정말이지 비가 억수로 쏟아져서, 일출은 됐으니 비라도 멈춰 주면 다행이었다.

산행을 그만두고 내려가야 할 심각한 상황이었는데, 그중에 한 분이 그래도 좀 기다려 보자며 산사람들 특유의 여유로운 자세로 말씀하셨다. 그렇게 막걸릿집 안에서 때 아닌 수다의 장이 시작됐다. 합류한 세 분은 인근에 사는

친구 사이로, 종종 대둔산에 오른다고 했다. 나더러 오밤중에 어린애가 산에 와 있다고 혼(?)을 내셨는데 내 나이를 들으시곤 미안하다며 연신 쾌활하게 웃으셨다. 나중에는 가방에서 간식을 꺼내 함께 먹자고 하셔서 그분들과 즐겁게 대화를 나누었다.

한 시간 남짓 지나니 비가 조금 수그러들어서 다시 산행을 시작했다. 정상에 도착하니 다행히 비가 딱 멈췄는데, 일출은 볼 수 없었지만 대신 예상치 못한 운해가 펼쳐져 아쉬울 새가 없었다. 운해가 산세마다 걸쳐져 있는 장관을 보던 대장 어머님은 "중국 명산 뺨치네. 다른 나라 갈 필요가 없다니까." 하시며 혀를 내두르셨다.

앞서 계방산에서 봤던 운해랑은 다른 느낌이었다. 고생스러운 날씨 탓에 기대도 하지 않다가 이런 멋진 구름에 뒤통수를 맞는 행운이라니. 산도 정말 고맙고 하늘도 너무 고마웠다.

우리는 신선놀음하듯 구름을 배경으로 커피를 나눠 마시고 사진도 찍었다. 그렇게 짧고 영롱한 시간을 나누고는 헤어질 땐 가볍게 안녕을 고하고 하산했다. 얼마나 쿨

하고 군더더기 없는 만남인지. 아무도 다음을 기약하진 않았지만, 우연히 만나게 된다면 분명 그곳 역시 산일 거란 생각이 들었다.

오감 맛집 지리산

산을 좋아하고부터 언젠가 지리산에 꼭 가 보고 싶었다. 아직 초짜 등린이지만 여러 인친들이 지리산 가는 모습을 보고 동경심이 일었다. 나도 언젠가 지리산에 도전할 날을 기대하며 부족한 체력을 매주 등산으로 키웠다.

지리산과 설악산, 한라산은 고도가 높고 장시간 산을 타야 해서 난이도가 높다. 무리해서 시도하다가 정상까지 못 갈 수 있는데 일전에 한라산에 오르다 체력 부족을 실감한 경험이 있기 때문에 지리산은 쉽게 도전하지 못했다. 하지만 가을이 되니 이제는 도전해 볼 만하다는 생각

이 들었다.

　일출 산행을 하기 위해 자정쯤 집을 나섰다. 서울에서 지리산까지 차로 3시간 30분이나 운전해야 하니 만만한 거리는 아니었다. 지리산 입구에 도착했을 땐 이미 많은 등산객이 헤드 랜턴을 밝히고 있었다. 나와 비슷한 또래 친구들이었다.

　'와! 사람들이 이렇게 많다고? 이 새벽에?'

　아무리 등산이 인기라지만 다른 산도 아니고 지리산에, 그것도 새벽 4시에 이렇게 많은 사람이 와 있을 줄은 몰랐다. 나도 모르게 약간 신이 나서 산을 오르기 시작했다. 보통 일출 산행은 사람이 없어 앞이 잘 보이지 않는 컴컴한 산을 오르곤 했는데 이번 지리산 산행은 밝은 불빛들 속에 섞여 줄을 지어서 올라갔다. 다들 같은 생각인지, 이렇게 많은 인파 속에 줄을 지어 올라가는 게 믿기지 않는 표정이었다.

　추웠던 몸도 점점 뜨거워져 땀이 흘렀다. 일출 산행은 추운 날씨에도 항상 땀이 많이 난다. 중간에 숨이 넘어갈 것 같은 깔딱 구간이 있어 잠시 멈춰 서서 물도 마시고 에

너지젤도 먹었다. 날씨는 새벽이라 추운데 몸에서는 열이 났다. 모락모락 김이 나는데도 신기하게 하나도 춥지 않았다.

산 중턱쯤 갔을 때 서서히 동쪽 하늘에서 붉은빛이 밝아 왔다. 정상까지 3시간 정도 걸릴 거로 생각했는데 경사도 심하고 칼바람까지 불어 많이 지체된 모양이었다. 그래도 조급해하는 건 금물이니 무리하지 않으면서 다시 오르기 시작했다. 일출을 앞두고 있을 땐 항상 설렌다.

'구름 없이 선명한 태양을 볼 수 있을까?'

'산 정상 날씨는 좋으려나?'

'정상에서는 또 어떤 절경이 펼쳐질까?'

다른 생각은 별로 없고 온통 산에 대한 생각뿐이다.

드디어 산 정상에 도착하기 30분 전쯤 해가 뜨기 시작했다.

"어, 해 뜬다!"

그런데 구름이 엄청나게 끼었다. 오늘도 소위 말하는 곰탕(구름이 너무 많아서 시야가 뿌옇게 보이는 현상)인 건가? 약간 실망했지만 오늘은 기상 운이 안 따라 준다 체념하면

서 정상으로 향했다.

날이 밝아 오니 가을을 입은 지리산의 모습이 점점 뚜렷해졌다. 그때 여기저기 빨갛고 노랗게 물든 지리산이 눈에 들어왔다. 그래, 가을이라도 흠뻑 느끼고 가면 되지. 그런데 구름이 점점 걷히고 해가 동그랗게 뜨더니 정상에 도착하기도 전부터 엄청난 운해가 모습을 드러냈다. 동그란 해 아래 구름 물결이 깔리면서 푹신푹신한 솜이불이 펼쳐졌다. 얼른 정상에서 보자는 생각에 발걸음을 재촉했다.

마지막 관문을 통과하고 드디어 천왕봉에 도착했다. 바람도 많이 불고 엄청나게 추울 거로 생각했는데, 생각보다 춥지 않았다. 그 천왕봉에서 인생 운해를 만났다. 비행기에 타 창문 너머로 보이는 구름의 향연이 바로 발아래서 펼쳐졌다. 와……. 이게 꿈이야 생시야. 태양 아래 넓고 고르게 깔린 구름바다. 그렇게 웅장하고 멋진 운해는 난생처음이었다.

생각지도 못한 선물에 입을 다물지 못하다가 주섬주섬 카메라를 꺼내 들었다. 이건 소장 각이니까. 그 장엄함을 사진에 다 담지 못하는 게 아쉬웠지만 아쉬운 만큼 더 열

심히 버튼을 눌렀다. 가능한 한 많이 찍어 둬야 좋은 장면을 건질 확률도 높은 법. 그렇게 인생 운해를 만난 기쁨을 가족과 친구들, SNS에 공유했다.

산행이 힘겨웠던 탓에 배가 너무 고파 장터목대피소로 향했다. 정상은 날씨가 괜찮았는데 장터목대피소로 가는 길은 또다시 구름이 짙었다. 역시 고도가 높은 산에서는 날씨를 예측하기가 훨씬 어렵다더니 구름이 많아 길이 안 보일 정도였다.

장터목대피소에는 이미 많은 등산객이 자리를 잡고 있었다. 나는 산에서 먹는 음식 중 라면이 최고라고 생각했는데 그곳은 신세계였다. 고기와 버너를 챙겨와 바로 구워 먹는 분도 볼 수 있었는데, 고기 냄새가 어찌나 강렬한지 체면이고 뭐고 가서 한 점 얻어먹고 싶을 정도였다.

고기 굽는 옆자리에 자리를 잡고 집에서 챙겨 온 일용할 식량을 꺼냈다. 지난번 한라산 산행 때 가져간 식량이 부족해서 곤란했던 경험이 있어서, 이번에는 김치비빔밥과 라면, 김밥 등 되는 대로 든든하게 챙겨 왔다. 바람 부는 날에 산에서 먹는 뜨끈한 라면은 얼었던 속을 단번에

녹여 주는 최고의 보양식(?)이다. 국물 한 사발 들이키면 그렇게 행복할 수가 없다.

속이 든든해지니 하산이 훨씬 수월했다. 역시나 내려갈 때도 한참이 걸렸지만, 그래도 일찍 서두른 만큼 시간이 넉넉한 일출 산행의 장점을 만끽하면서 여유롭게 가을 지리산을 둘러볼 수 있었다. 알록달록 여러 색깔로 물든 이파리, 이름을 알 수 없는 꽃과 열매들, 가만 귀 기울이면 들려오는 냇물 소리, 깜짝 놀라 도망가는 동물들의 움직임까지. 도시에서는 감히 생각해 보지 못한 것들이 이곳에선 당연하고 자연스럽게 존재했다. 덕분에 도시에선 잠들어 있던 오감이 예민하게 살아나서, 다람쥐의 재빠른 몸놀림이 보이고 멀리서 불어오는 소나무 향도 맡을 수 있었다. 그럴 때면 마치 도시는 허깨비고 이곳이 베일 속 진짜 세계 같기도 했다.

이날 나는 컨디션이 좋았지만, 함께 간 등산 스승님은 그렇지가 못했다. 새 등산화를 신고 오셨는데 물집이 잡혀 산행 내내 엄청 고통스러워하셨다. 산행은 언제나 일행과의 페이스 조절이 중요하다. 컨디션이 저조한 사람에

게 호흡과 페이스를 맞춰 가며 부상 없이 마치는 것이 그
날의 목표가 된다. 그래도 잘 견뎌 준 스승님 덕에 하산까
지 매끄럽게 잘 마칠 수 있었다. 큰맘 먹고 도전한 지리산
에서 인생 최고의 운해까지 보다니. 여러모로 선물 같은
하루였다.

QR코드를 대면
동영상을 볼 수 있습니다.

방태산은 운명이었어

2020년 11월, 첫눈을 산에서 맞이했다. 새벽에 일어나 강원도 오대산 일출을 보러 집을 나섰는데 강원도로 가는 도중에 비가 정말 많이 내렸다. 강원도에 도착해 휴게소에 잠시 들릴 때는 비가 너무 많이 와서 앞이 보이지 않을 정도였다. 그치지 않는 비 때문에 산에 오를 수 있을까 걱정했는데 막상 오대산 앞에 도착하자 다행히 비는 멈추었는데 예상치 못한 복병이 있었다. 바로 산방기간이었던 것이다. 산방기간이란 산불방지를 위해 등산로를 통제하

는 기간이다. 입산 통제가 되어 결국 오대산에 발도 못 들이고 말 그대로 멘붕이 되었다.

어디를 가야 하나, 산에 가려고 새벽부터 집을 나왔는데 그냥 돌아갈 수는 없었다. 오대산 입구에서 어느 산을 가야 할지 다시 찾았다. 시간상으로 일출은 포기해야 할 것 같았고, 100대 명산 중에 가 보지 못한 곳으로 고르다가 급기야 방태산으로 결정했다.

오대산에서는 1시간 거리에 있는 방태산은 사실 겨울에 가면 멋진 산으로 유명하다. 눈이 오고 난 뒤에 그 풍경이 정말 멋지다고 소문이 자자한데 이날은 온도가 높아서 강원도 전체에 비가 온 날이었기에 큰 기대는 하지 않았다. 주차장에 도착했는데 이상한 일이 차가 한 대밖에 없었다. 비가 와서 다들 산에 오지 않았나 생각하면서 나는 등산을 시작했다.

초반에는 비가 그치는 것 같더니 다시 찔끔찔끔 내렸다. 초입 길은 어둑어둑하고 구름이 많아 예전에 다녀왔던 용문산이 생각났다. 그런데 2시간쯤 지나 산 중턱을 넘어설 때 비가 눈으로 바뀌면서 눈발이 점점 굵어졌다. 너

무나 순식간에 온 산이 겨울왕국이 돼 버린 것이다. 기대하지 않고 왔는데 첫눈을 방태산에서 맞이하다니! 정말 아름다운 풍경에 넋을 잃었다.

그런데 첫눈이 온다고 너무 좋아하다가 그만 올라가는 내내 표지판을 보지 못했다. 눈이 오기 전에는 그래도 길을 따라 쭉 올라왔는데, 눈이 쌓이고 나니까 도무지 길이 안 보이는 것이 아닌가. 그래서 어렴풋이 보이는 한 사람의 발자국을 따라 한참을 올라갔는데 점점 불길한 느낌이 들었다. 그제서야 트랭글 지도를 확인했더니 정상과는 반대 방향으로 가고 있었다. 분명 발자국은 이쪽으로 나 있는데 비탈길로 가는 느낌이었다.

일행과 나는 왔던 길로 다시 돌아갔다. 그렇게 30분간 지도를 보면서 겨우 길다운 등산로를 찾을 수 있었다.

그렇게 정상으로 가는 동안 엄청난 겨울왕국을 만났다. 그전에는 상고대라는 것도 제대로 본 적이 없었는데 그곳은 상고대 천국이었다. 상고대란 나뭇가지 등에 밤새 서린 서리가 하얗게 얼어붙어 마치 눈꽃처럼 피어 있는 것을 말하는데 쉽게 볼 수 있는 것은 아니라고 생각했다. 내

가 초겨울에 설산을 갔을 때도 보지 못했으니까.

한참 눈을 만끽하며 정상에 도착할 때까지 우린 단 한 명의 등산객도 만나지 못했다. 어떻게 산에서 마주치는 사람이 한 명도 없을까 의아했지만 우리는 간신히 정상에 도착한 것에 안도의 한숨을 쉬며 기뻐했다. 한참 인증사진을 찍고 있을 때쯤 등산객 한 분이 올라오셨다.

산에 오르며 등산객을 한 명도 못 만난 지라 반가운 마음에 먼저 인사를 드렸다. 그분 역시 한참 길을 헤매다가 정상에 도착하셨다고 했다. 이야기를 나누다 보니 우리가 잘못 따라온 발자국의 주인공이 그분이었다. 우리는 오대산 가려다가 산방기간 때문에 방태산에 오게 되었다고 얘기했더니 그분은 지금 방태산도 코로나 때문에 임시 폐쇄 기간이라고 하셨다.

그런데 우리는 어떻게 산에 들어올 수 있었지? 너무 신기했다. 알고 보니 우리가 온 등산로가 자연휴양림을 통해서 오는 일반적인 등산로가 아니라 아는 사람만 올 수 있는 숨겨진 등산로였던 것이다. 방태산에 오르기까지 마주했던 많은 일들이 너무 신기했다. 우리는 이것저것 찾

아보지도 않고 갑자기 방태산 등산코스만 검색해서 올라왔는데 정상까지 오르고 보니 이 모든 과정이 내가 방태산에 올 수밖에 없었던 운명 같은 느낌이 들었다.

등산객이 하나도 없어 내가 올라왔던 발자국을 따라 그대로 내려가면서 산에서 만난 뜻밖의 행운에 감사했다. 소복하게 쌓인 첫눈 위에 나의 발자국을 새기며 산이 주는 행복감은 이런 것임을 다시 한번 깨달았다. 그렇게 난 첫눈을 산에서 맞이했다.

QR코드를 대면
동영상을 볼 수 있습니다.

함부로 도전하면 안 돼요

2020년은 비가 억수로 많이 온 해였다. 역대 최장기간 장마라고 하는데 그만큼 주말마다 산에 가는 나로서는 발을 동동 구르는 날이 많았다.

당연히 이 기간엔 산에 가지 못했다. 장시간 지반이 약해져서 자칫하면 산사태나 낙석의 위험이 있어 입산을 통제하기 때문이다.

물론 입산을 통제하는 수준이 아니라면 우중 산행을 하는 사람도 있다. 말 그대로 비를 맞으며 하는 산행인데, 나름의 운치는 있으나 경험상 그다지 추천하고 싶지는 않다

고나 할까.

그날은 장마가 시작되기 전이었다. 추적추적 내리는 비가 오다 멈추기를 반복하던 아침, 경기도 양평에 있는 용문산으로 향했다. 그날의 일기예보는 12시 무렵 비가 그칠 거라고 해서 나는 11시부터 산행을 시작했다.

비는 멈췄지만 혹시 몰라 방수가 되는 고어텍스 재킷을 챙겨 갔다. 전날부터 온 비로 인해 바위랑 흙이 모두 젖어 있었다. 평소와 달리 바위가 약간 미끄러워 놀랐다. 보통은 바위에 등산화가 쫙쫙 달라붙기 마련인데 빗물에 조금씩 미끄러졌다. 올라갈 때 조금 고생하고 대신 내려올 때는 쉬운 길로 와야지, 생각하고 힘들게 산을 올랐다.

날이 날인지라 올라가는 동안 마주친 사람은 한 손에 꼽을 정도였다. 깊이 들어갈수록 산신령이라도 나올 것 같은 으쓱한 분위기에 몸이 움츠러들었다. 날을 잘못 고른 걸까? 아냐, 잘못 고르긴 뭘. 용문산은 난이도가 있긴 하지만 그래도 '악산'은 아니잖아! 혼자서 마음의 갈등을 주거니 받거니 하는 사이 어느새 정상에 도착했다.

정상에서는 은근히 많은 사람을 만날 수 있었다. 산악

자전거를 타고 온 사람도 있었고 강아지를 데려온 사람도 있었다. 이때까지는 별문제가 없었는데, 문제는 하산할 때였다. 편하게 내려가고자 선택한 상원사 코스가 거의 바위를 타고 내려가야 한다는 걸 내려가면서 알게 됐다. 너무 미끄러운 데다가 급 수직 하강이라 거의 네발로 기어서 가야 했다. 까딱 잘못하면 저 아래로 미끄러져서 죽을 수도 있겠구나 생각하니 등산처럼 극한 취미도 없다는 생각이 들었다.

등산 초보라면 되도록 젖은 산은 피하라고 조언하고 싶다. 비가 올 때도 그렇지만 오고 난 후에도 당분간 모든 지면이 미끄러워 다칠 확률이 높으니까. 미끄러지지 않기 위해서 온몸에 힘을 주게 되는데 그것 또한 체력소모가 엄청나서 평소의 두 배는 힘이 든다. 또 바짝 긴장한 채 안 미끄러지고 내려가는 데 골몰하느라 주변을 즐길 여유도 많이 없다. '이래서 사람들이 비가 올 때는 산에 잘 가지 않구나.' 산행 내내 이 생각만 하게 된다.

몇 번이나 미끄러지고 엉덩방아를 찧고서야 나는 평소 2시간이면 족한 하산길을 3시간에 걸쳐 겨우 내려왔다.

산을 다 내려왔을 땐 두 다리 힘이 완전히 풀려버려서, 그 날 이후로 자연히 우중 산행은 피하게 됐다는 웃지 못할 이야기다.

혹독한 겨울왕국 체험

눈꽃 산행은 내가 가장 좋아하는 산행이다. 추위를 많이 타서 겨울엔 외출도 잘 안 하던 나에게 추위를 무릅쓰고 산을 찾게 만들고, 겨울이라는 계절을 좋아하게 해 주었다. 짐이 많아 어깨는 고생이지만 그만큼 재미는 쏠쏠한 게 겨울 산행이다.

가장 기억에 남는 겨울 산은 아무래도 소백산이다. 전날 눈이 와서 나무마다, 산 전체에 소복이 하얀 눈이 쌓여있었다. 걸음을 옮길 때마다 뽀드득뽀드득 눈 밟는 소리가 났다. 반대편에서 정상을 찍고 내려오는 분들이 소백산

정상 능선길이 몹시 춥다며 나더러 옷을 단단히 입으라고 말씀해 주셨다. 나는 그때 후드가 달린 플리스를 입고 있었는데 계속 움직여서 그런지 몸에서 열이 나는 상황이었다. 감사하다고 인사는 했지만 딱히 춥지도 덥지도 않아서 아무런 조치를 하지 않고 정상을 향해 가기 바빴다.

이때는 사실 산에 다닌 지 얼마 되지 않아 능선길이 바람이 많이 부는 곳이라는 걸 몰랐다. 그냥 길 이름이 능선길이라고만 생각했다. 얼마쯤 가니 또 반대편에서 내려오는 분이 조금 전 마주쳤던 분과 같은 얘기를 하셨다.

"그렇게 입으면 안 돼요. 겁나 추워요~!"

재킷의 모자까지 단단히 여며 쓴, 완전무장을 하신 분이었는데 냉동실에서 있다 나온 것처럼 얼굴 여기저기 살얼음이 붙어 있었다. 나는 그제야 가방에서 재킷을 꺼내 입고 조금 겁을 먹은 얼굴로 정상길에 접어들었다.

아뿔싸, 정상길은 바람부터 엄청나서 눈을 뜨고 있기가 힘들었다. '밑에서는 바람 하나 안 불고 평온했는데 이게 뭔 일이람.' 정상에 다다르니 눈바람이 말 그대로 칼바람처럼 얼굴을 찔러댔다. 세상에, 바람이 이렇게 아프다니.

살이 아릴 정도의 고통이었다.

그렇게 바람을 헤치고 정상석으로 가니 정말 신기하게
도 많은 이들이 사진 촬영을 위해 줄을 서서 기다리고 있
었다. 와, 이렇게 추운데 기념사진을 찍겠다고? 그도 그럴
것이 그날의 추위는 그냥 추위가 아니라 단 1분도 서 있기
힘든 고통스러운 추위였다. 줄을 기다리면서 울타리에 바
람이 부는 방향으로 눈이 약 4~5㎝ 정도로 쌓인 상고대를
보았다. 흐르는 콧물까지 바로 굳게 만드는 어마어마한
추위였지만 상고대라는 것을 처음 봤기에 기념사진은 더
더욱 의미가 있었다. 우리 역시 칼바람 맞으며 정상에 온
이상 그냥 갈 순 없다는 데 의견을 모았다.

그렇게 고통을 참으며 줄을 선 끝에 정상석 인증을 후
다닥 마치고 하산길에 오를 수 있었다. 원래는 백두대간
길로 걷고 싶었으나 추위에 질려서 그냥 온 길로 되돌아
내려왔다. 능선길을 지날 땐 어김 없이 또 칼바람이 들이
닥쳤다. 올라올 때 마주친 분들이 왜 하나같이 그토록 빨
간 얼굴에 살얼음이 붙어 있었는지, 내가 그 얼굴을 하고
내려오면서 알 수 있었다. 나는 완전무장을 했다고 생각

했는데 장갑을 끼고, 옷을 여러 개 겹쳐 입고, 두꺼운 양말에 모자까지 썼는데도 화가 날 정도로 추웠다. 이러다 동상에 걸리는 거 아닌가 걱정이 들 때쯤 정말 이상한 일이 일어났다. 능선길을 지나니 정말 신기하게도 기후가 바뀐 거다. 추위도 사라지고 더는 바람도 불지 않았다. 이후에 우리가 할 일은 뻔했다. 우리는 엄청난 진실을 알고 있는 사람들처럼 마주 오는 등산객에게 이렇게 일러 주었다. "조금만 더 올라가시면 능선길이 나오는데 엄청 추워요. 단단히 입으세요!"

이날 이후로 나는 겨울철 산행을 준비할 때 보온에 무척 신경을 쓰게 됐다. 핫팩은 기본이고 장갑은 두 개에 넥워머, 재킷 안에도 패딩을 입는다. 또 레깅스보다는 바람을 막아 주는 등산바지를 선호한다. 다행히 동상에 걸린 적은 없지만, 추위가 얼마나 무서운지 체험했으니 앞으로도 겨울 산을 얕보는 일은 없을 거다. 소백산에서 배운 큰 가르침이다.

같은 산, 다른 느낌!

산을 좋아하다 보면 민감해지는 게 있다. 계절, 온도, 날씨. 이 셋에 관심을 많이 가지게 되는데 그에 따라 산이 여러 가지 모습으로 변모하기 때문이다.

봄에서 여름으로 넘어가는 시기에는 핑크빛으로 물든 철쭉 산행을 즐긴다. 한여름엔 온통 초록으로 물든 싱그러운 산을 만날 수 있다. 가을에는 억새가 출렁이는 모노톤의 산과 빨갛게 익어가는 단풍으로 물든 산을 볼 수 있고, 겨울에는 새하얀 겨울왕국에서 눈꽃 산행의 백미를 맛볼 수 있다.

5월경 철쭉 축제가 열리는 소백산에 다녀왔다. 소백산은 5월 말부터 6월 초 사이 철쭉이 절정을 이뤄 천지사방이 다 분홍빛이다. 그 절경을 보러 갈 생각에 전날 밤잠을 설치고 새벽 3시에 집을 나섰다.

날이 풀리고 나서 처음 시도한 일출이었는데 소백산 주차장에 도착하니 날이 이미 밝아 오고 있었다. 일출 보기는 글렀구나. 아쉬운 마음을 뒤로하고 그냥 아침 일찍 산행을 왔다는 마음으로 가볍게 산에 올랐다. 새소리가 가득하고 새벽 공기가 시원해 기분이 좋았다.

소백산은 이번이 두 번째였는데, 매서운 바람이 불던 겨울에 와 보고 이렇게 초여름에 와 보니 느낌이 정말 달랐다. 싱그러운 풀과 나무들을 눈에 담으며 가까이서 들리는 새소리를 배경음악 삼아 즐겁게 걸었다. 그렇게 정상에 다다랐을 때 눈앞에 고요한 텔레토비 동산이 펼쳐졌다. 와…….이렇게 멋있었나? 겨울에 갔을 땐 구름도 많이 끼고 눈보라를 헤치며 지나가기 바빴는데, 이번에 찾은 소백산은 전혀 다른 옷을 입고 세상 온화한 표정을 짓고 있었다.

넓게 펼쳐진 초원길 양쪽으로 분홍 철쭉들이 만개해 있었다. 빠르게 움직이는 구름 밑에 초록과 분홍으로 가득한 동산. 그야말로 사진에나 나올법한 풍경이었다. 그렇게 비로봉(소백산 정상)에서 인증 사진을 찍고 옆에 있는 백두대간을 건너 국망봉으로 향했다.

비로봉의 절경이 넓게 펼쳐진 초원길이었다면 국망봉에서는 백두대간의 산세가 더 잘 보였다. 국망봉은 능선이라서 바람은 좀 불지만 철쭉이 훨씬 많이 피어 등산객이 선호하는 코스다. 그래서 그런지 아예 자리를 잡고 커다란 카메라로 연신 사진을 찍는 이들도 여럿 볼 수 있었다.

부모님과 같이 온 친구들도 있었는데 그 모습을 보니 나도 내년에는 부모님과 함께 철쭉 산행을 와야겠다는 생각을 했다. 비로봉부터 국망봉까지 다 돌기는 다소 무리니까 부모님이랑 올 때는 국망봉 철쭉만 보러 와도 좋을 거 같았다.

10월에는 황매산을 다녀왔다. 황매산은 봄의 철쭉으로도 유명하지만, 가을 억새로도 유명하다. 서울에서 너무 먼 거리라 마음을 먹고 다녀와야 하는 곳인데, 100대 명산

리스트에 있어서 너무 반가웠다. 소백산 정상처럼 넓게 펼쳐진 동산 같은 능선길이라 오르기가 쉽고, 정상 바로 밑에까지 주차장이 있어서 관광객과 등산객 구분 없이 많은 이들이 찾는 곳이다. 그래서인지는 몰라도 이날은 싸움 구경도 여러 번 했다.

능선을 따라 정상석을 향해 가는데 사람이 너무 많아서 거의 줄을 서다시피 하며 걸었다. 정상에 도착했더니 정상석이 두 개라서 나는 그중 하나가 있는 쪽으로 갔다. 그런데 공간이 너무 좁아 두세 명만 올라설 수 있고 나머지는 밑에서 줄을 서야 하는 상황이었다. 중간에 서서 기다리고 있었는데 내 뒤에 있는 분이 왜 안 올라가냐고 물으셨다. 위에 자리가 좁고 다른 사람이 사진을 찍는 중이라고 설명했는데도 못마땅해하시더니 기어이 정상석에 서 있던 이들을 향해 한소리를 하셨다.

"거기 지금 화보 찍으러 왔어요? 그렇게 오래 앉아 쉴 거면 밑에 내려와서 쉬어요."

잠깐이었지만 눈살이 찌푸려졌다. 그 자리에 오래 있던 것도 아니고 공간이 좁아서 잘못하다가는 다칠 수도 있는

상황이라 비켜주는 데 조금 시간이 걸리는 것으로 보였는데, 그 잠깐을 못 참고 그렇게 말하다니. 내 옆에 있던 분은 그 소리에 화가 났는지 그분과 언쟁을 벌이기까지 하셨다.

불편한 마음에 후다닥 그 자리를 벗어났는데, 사실 등산객이 많이 몰리는 철에 흔하게 볼 수 있는 풍경이다. 산에 온 만큼 좀 더 여유를 가지고 기다려도 좋았을 텐데……. 여러 사람을 불쾌하게 했던 그분의 태도가 많이 아쉬웠다.

4장

등산 백배 즐기기

나의 100대 명산 도전기

2020년 초 북한산에 다녀온 뒤로 등산을 취미 삼으면서 나는 100대 명산 도전을 시작했다. 대학 입시와 취업을 제외하면 나를 위해서 어떤 목표를 세워 놓고 자발적으로 도전하기는 그때가 처음인 것 같다.

사실, 졸업 후 원하는 직장에 취업한 뒤부턴 어떤 목표를 세우고 도전하기가 쉽지 않았다. 회사 업무를 감당하기만도 벅찰뿐더러 현실에 안주하게 되기 때문이다. 설령 무언가를 배우겠다는 목표가 생기더라도 따로 시간 내기는 마음처럼 쉽지 않다. 나도 직장생활 4년 차에 접어들

어 겨우 마음의 여유가 생기고부터 취미를 가져야겠다는 의지가 생겼던 것 같다. 처음엔 아무 생각 없이, 그저 산에 오른다는 자체에 만족했다면, 100대 명산 도전이라는 동기부여가 생긴 뒤로는 회를 거듭할수록 재미와 성취감이 더해졌다.

내가 도전하고 있는 '블랙야크 100대 명산'은 블랙야크라는 국내 아웃도어 브랜드에서 만든 챌린지 프로그램이다. 100대 명산으로 지정된 곳에서 인증 용품을 들고 사진을 찍어 앱에 올리는 것이다. 2021년부터는 인증 방법이 새로이 바뀌었는데 기존에는 인증 용품이 꼭 필요했다면, 이번 연도부터는 산 정상에 도착 후 BAC앱을 켜서 GPS인증하기 버튼을 누르면 된다. 그리고 본인과 정상석이 잘 나온 사진을 찍어 48시간 이내에 업로드 하면 인증 완료! 기존 스타일이 고전적이고 뭔가 인증하는 재미가 좀 더 있었지만 그래도 인증 용품을 못 챙겨 인증을 못 하는 일은 없을 것 같다. 100대 명산에 도전한다고 큰 상금을 받는 것은 아니지만 나의 한계를 넘는 도전 자체가 값진 경험이 되지 않을까 싶다.

처음엔 10좌 등정 때마다 인증 배지를 무료로 제공했는데, 2020년 7월 이후부터 유료로 전환되어 신청해야만 받을 수 있다. 참고로 난 20좌 배지를 신청했지만 아직 못 받았는데, 그만큼 요즘 등산 인구가 많아져서 신청자가 몰려 그런 게 아닌가 싶다. 누구나 BAC앱만 설치하면 쉽게 참여 할 수 있고 요즘 등산 인구가 많아져서 그런지 100대 명산 챌린지 참여 인구수가 20만 명을 넘었다고 한다.

처음 100대 명산에 도전했을 때, 일주일에 하나씩 산을 오르면 언제쯤 100좌를 완등할 수 있을지 계산해 보았다. 최소 2년 이상은 걸렸다. 긴 여정이 될 것 같지만 한 주 한 주 착실히 주어진 몫을 하다 보면 어느덧 100좌를 완등하는 날이 꼭 올 거로 생각한다. 책을 쓰고 있는 지금은 곧 33좌를 앞두고 있다. 아직 목표의 1/2도 달성하지 못했지만, 숫자에 연연하기보다 매주 산에서 얻는 기쁨과 보람에 집중하고 싶다.

인스타그램 친구 중엔 벌써 100대 명산을 완등한 이들도 있다. 나와 비슷한 또래도 있고 나이 많으신 분들도 있는데, 정말 존경스럽다는 말밖에 달리 표현할 수 없다. 오

랜 시간 포기하지 않고 꾸준하게 산을 올랐다는 증거니까 말이다. 그만큼 많은 시간을 투자해야 하고, 체력 관리도 필요할뿐더러 무엇보다 정말로 산을 좋아하지 않으면 할 수 없는 도전이다.

이런 분들은 좋은 자극도 되고 산에 대한 정보도 얻을 수 있어서 많은 도움이 된다. 어쩌면 내가 지금까지 포기하지 않고 산을 오를 수 있는 이유도 이분들이 앞서 산을 올라 준 덕분이 아닐까 한다. 저분이 해냈으니 나도 할 수 있겠다는 동기부여, 누군가 닦아 놓은 길을 갈 때의 안도감은 의외로 큰 힘이 된다.

이렇게 주변의 자극도 받고 열정적으로 산에 오를 때 비로소 내가 살아 있음을 느낀다. 도전은 일단 내가 움직여야만 시작되는 것이다.

가방에 뭘 챙기지?

처음 아빠를 따라 뒷산에 올랐을 때 내 손에는 달랑 물통 하나뿐이었다. 아빠 가방엔 과일, 커피, 얼린 물 등이 들어 있었던 거 같다.

동네 뒷산 정도라면 사실 그리 많은 준비물이 필요하지 않다. 물과 간단한 요깃거리, 땀을 닦을 수건 정도 챙기면 충분하다. 외곽으로 나가 장시간 산행해야 할 경우는 좀 더 철저한 준비가 필요하다. 겨울 산행이라면 더더욱. 보온을 위한 패딩, 손난로(2개), 무릎보호대, 스패치, 아이젠, 장갑 두 개(기본 장갑 하나, 그 위에 낄 방수 장갑 하나). 장갑을 뭐

두 개나 챙기나 싶겠지만, 몰라서 하는 소리다. 오랜 시간 밖에 있으면 아무리 중무장을 해도 춥듯 겨울 산, 특히 일출이나 야간 산행 땐 장갑 하나로는 어림도 없다.

그 외에 방석도 챙겨 가면 좋다. 정상에 도착해서 뭐라도 먹으려는데 돌이나 나무 위에 앉으면 엉덩이가 무척 시리다. 그게 뭐 대수냐고 하면 할 말 없지만, 여성은 하체가 따듯해야 하니까 부피는 크지만 챙겨가서 나쁠 거 하나 없다.

체온 유지를 돕는 라면과 보온병, 커피도 챙기면 좋다. 정상에 도착해서 먹는 라면은 그 어떤 음식보다 맛있다(스위스 융프라우에서도 한국 컵라면을 먹지 않던가). 그러나 겨울 산에서는 배탈도 조심해야 하는데, 같이 간 등산 스승님은 얼어붙은 김밥을 먹고 배가 부글부글해서 혼난 적이 있다. 화장실을 찾느라 애를 먹는 모습을 옆에서 지켜보았기 때문에 그 뒤로 스승님도 나도 겨울 산에선 차가운 음식을 먹지 않게 되었다.

개인 취향이지만, 산에서 먹기 좋았던 계절별 음식을 요약해 보면 다음과 같다.

봄

유부초밥, 방울토마토, 컵라면, 김밥, 물, 보온병, 초콜릿, 에너지젤
(사실 봄에는 날씨가 좋아서 뭘 챙겨 가도 상할 염려가 없어 좋다.)

여름

큐브 수박, 얼린 황도, 오이, 닭가슴살, 얼음물(1ℓ 이상), 초콜릿, 에너
지젤(너무 더워서 식욕이 없을 것 같지만 그만큼 체력보충을 잘해 줘야 하
는 계절이다. 열을 식힐 수 있는 수분 많은 과일을 추천한다.)

가을

샤인머스캣, 컵라면, 김밥, 물, 보온병, 초콜릿, 에너지젤(날씨가 선선
해서 뭘 싸 가도 괜찮다. 멋진 단풍을 보며 먹는 샤인머스캣은 산 정상에서
누리는 최고의 호사다.)

겨울

딸기, 컵라면, 김밥, 물, 보온병, 커피, 초콜릿, 에너지젤(추운 날씨에
먹는 컵라면은 말이 필요 없다. 후식으로 따뜻한 차나 커피까지 더하면 속도
풀리고 한결 힘이 난다.)

여기에 한 가지 더. 먹는 것만큼 쓰레기를 가지고 되돌아오는 것도 중요하기 때문에 쓰레기봉투나 클린백을 꼭 챙기도록!

컵라면을 먹고 나서 국물을 어떻게 처리하는지 묻는 분들이 있는데, 절대로 산에 버려서는 안 된다. 둘 중 하나를 선택해야 한다. 모조리 마셔버리거나 물통에 담아 오거나. 물배가 차면 곤란하니 나는 보통 후자를 택한다. 산에서는 먹는 것, 즐기는 것도 중요하지만 무엇보다 다녀온 흔적을 남기지 않는 것, 이게 기본 중의 기본이다.

이유 있는 등산 패션

가장 흔한 등산 패션은 티셔츠＋레깅스＋아디다스 양말 차림이다. 거의 교복이라고 할 수 있을 정도로 쉽게 볼 수 있는데, 요즘엔 20대뿐 아니라 30대, 40대도 레깅스를 입은 모습을 많이 볼 수 있다.

레깅스를 입고 등산하는 것에 대해선 사람마다 찬반이 엇갈렸지만, 나는 본인이 입고 싶은 대로 입으면 된다는 입장이다. 물론 가벼운 산행일 경우에 말이다. 하지만 6시간이 넘어가는 장시간의 산행일 경우 얘기가 달라지는데, 산을 좀 타다 보면 자연스레 알게 된다. 사람들이 왜 등산

복을 챙겨 입는지.

나 역시 처음에는 레깅스부터 시작했다. 그러다 20좌 정도 오르고 나니 등산 선배들처럼 등산 전용 바지를 사게 됐다. 여기저기 바위나 나무에 걸터앉을 때 레깅스는 잘 뜯기고 벌레에 취약한(산모기는 강해서 레깅스를 뚫고 들어온다) 반면, 등산 바지는 칼바위를 지날 때도 쉽게 쓸리거나 뜯기지 않는다. 등산에 최적화된 옷이라 활동성과 보온이 뛰어나고, 또 딱 달라붙는 옷이 신경 쓰여 불편해하지 않아도 된다. 중요한 건 아니지만, 등산복을 입으면 좀 더 산악인 같은 포스가 난다는 이점도 있다. 뭐, 어쨌거나 취향 따라 상황 따라 개인이 선호하는 쪽을 선택하면 될 일이다.

땀이 많은 사람이라면 이너로 기능성 티셔츠를 추천한다. 면티는 빨리 마르지 않고 그대로 땀에 젖어 있어 감기에 걸릴 수 있기 때문이다. 나는 그다지 땀이 많은 편은 아니지만 산에 갈 땐 꼭 이너로 기능성 티셔츠를 입는다. 땀을 흡수하는 빠른 건조 기능과 시원하게 해 주는 쿨 기능 등 제품마다 기능이 다른데, 계절 불문하고 땀을 흡수하

고 보온하는 기능은 산에서 아주 요긴하기 때문이다.

꼭 무엇을 입으라기보단 입어 보면 확실히 왜 입는지를 알 수 있다고나 할까. 나는 요즘 기본적으로 등산 바지 + 기능성 티 + 바람막이는 필수로 입고 다닌다. 레깅스에 티셔츠 정도 입고 다녔던 등린이가 등산 바지를 다 입다니 장족의 발전이라고 생각한다.

등산 바지가 50·60세대의 전유물로 보인다는 건 나도 안다. 불과 1년 전만 하더라도 내가 등산 바지를 입으리라고는 정말 생각도 못 했다. 그런데 어쩌란 말인가. 직접 체험해 보니 왜 좋은지 알게 되고 그러니 스스로 찾을밖에.

알록달록한 등산복에 대한 생각도 좀 바뀌었다. 10년 전만 해도 부모님 세대들이 원색의 화려한 등산복을 평상복처럼 입고 다니는 모습을 이해할 수 없었다. '아니, 저런 촌스러운 색깔을 도대체 왜 입고 다니지?' 했는데 산을 다녀 보니 알겠더라. 원색이 얼굴을 좀 더 환하게 해 준다는 느낌을 받았다.

나도 처음엔 블랙 앤 화이트 계열로 입었는데 사진이 너무 거무튀튀하게 나오는 것이 아닌가. 이후에 밝은 색

상으로 입었더니 얼굴이 확실히 밝아 보였다. 그래도 나는 아직 원색의 색상을 입기에는 다소 부담스러운 부분이 있어 라이트한 페일 칼라 위주로 입는다. 모노톤? 블랙 앤 화이트? 다 필요 없다. 산에선 화사하고 싶은 욕구가 마구마구 솟구치는 모양이다.

그 외 소소한 패션 팁을 좀 주자면, 손수건을 돌돌 말아 머리나 목에 두르면 과하지 않게 포인트를 줄 수 있고, 니삭스를 신으면 보온성에 캐주얼한 느낌까지 더해져 발랄함을 연출할 수 있다. 컬러풀한 보온병, 원색 가방, 챙 있는 모자에 양 갈래 한 머리는 밋밋한 등산 패션에 포인트를 주는 방법이다.

인생샷을 건지고 싶다면

내 사진첩엔 등산 사진이 한가득하다. 평상복 입고 찍은 사진보다 등산복 입고 있는 사진이 더 많을 정도. 그 순간을 남기고 싶어서 요리조리 찍다 보면 어느새 그날 갔던 산에서만 50장을 훌쩍 넘겨버린다.

사진이 잘 나오려면 그날 착용한 옷의 색도 중요하지만 일단 날씨가 좋아야 하고, 시간대가 잘 맞아야 한다. 멋진 경치는 사실 어느 산이나 준비가 돼 있으니 이 두 가지가 좋아야 시쳇말로 '사진발'을 받는 거다.

내가 인생샷을 건진 곳은 울산의 영축산, 신불산, 간월

산에 속한 영남알프스다. 실제로 내 인스타그램에서 가장 인기 많은 사진이 영남알프스에서 찍은 사진이다. 이날은 아침 7시에 출발해 영축 – 간월 – 신불 세 곳을 모두 오르는 코스였는데 평일이라 사람이 얼마 없어 사진 찍기에는 더없이 좋은 조건이었다.

날씨가 처음에는 흐리다가 점차 개면서 파란 하늘을 보여 주었다. 날이 흐리다 개면 평소보다 두 배로 맑고 청량한 하늘을 볼 수 있으니 당연히 사진도 잘 나온다.

다음으로 중요한 게 시간대다. 산을 자주 다닌 분은 알겠지만, 여름 같은 경우 오후 1시를 넘어가면 해가 중천에 떠 있어 역광이 되기 십상이다. 자외선이 제일 강한 시간이기도 해서 그 시간에 해를 등지고 찍었다간 그림자 인간이 되기 쉽고, 해를 정면으로 보고 찍으면 세상 험악한 인상파가 될 수 있으니 아무리 해도 각이 안 나온다면 사진 욕심은 잠시 넣어 두길 바란다.

여름에 계룡산 정상에 도착했을 때는 해 쨍쨍한 오후 3시였는데 맑은 날씨에도 사진이 생각보다 예쁘게 나오지 않았다. 역광이 들어 얼굴이 어둡게 나왔기 때문이다.

그럴 땐 몇 번을 찍어도 만족스러운 사진이 나오지 않으므로 이후로는 해가 쨍쨍한 시간대에는 되도록 산을 타지 않게 됐다. 아래 사진만 봐도 역광일 때와 날씨가 화창할 때, 그리고 흐릴 때의 명도 차이를 명확하게 알 수 있다.

예시① 역광일 때   예시② 화창할 때   예시③ 흐릴 때

또 하나의 팁은 밝은 옷을 입으라는 거다. 자연에선 밝은 옷이 돋보인다. 확실히 얼굴빛이 산다고 할까? 어른들이 산에 갈 때 밝은색을 입는 이유가 여기에 있다.

여기에 마지막으로 밝은 표정만 더한다면 누구라도 멋

진 인생샷을 건질 수 있을 거다. 멋진 경치를 보고 있으면 자연스레 미소가 번질 테니 굳이 예쁜 표정을 지으려 애쓰지 않아도 된다. 내 사진을 보면 대부분 활짝 웃고 있는데 산에 가면 정말 기분이 좋아서 미소가 절로 나온다. 가끔 너무 지쳐있을 때 찍어서 찌푸리고 있는 사진도 있지만, 그런 사진을 보면 당시의 고생하던 순간이 떠올라 배시시 웃게 된다. 남는 건 사진밖에 없다는 어른들 말이 무슨 뜻인지 알 것 같다. 희미해진 기억을 또렷이 불러모으는 데는 사진만 한 특효약이 없으니까.

휴식은 중요해

산행할 때 휴식 시간은 중요하다. 몸에 수분을 채워 주고, 과일이나 초콜릿으로 에너지를 보충해 체력에 무리가 가지 않게 하는 시간이다. 가끔 뉴스 보면 산행 중에 심정지로 쓰러지거나 실신하는 등산객 얘기가 나오는데, 이런 게 다 무리한 산행으로 벌어지는 일들이다.

나도 한여름에 산행했을 때, 폭염에 쉬지 않고 오르다 보니 숨이 턱턱 막히고 갑자기 머리가 핑 돌아 실신할 뻔한 적이 있다. 이럴 때는 적절히 쉬어 주며 체력을 보충하지 않으면 안 된다.

휴식의 중요성을 실감했던 건 한라산 산행 때였다. 전날 흑돼지에 곁들여 한라산소주를 마신 게 탈이 났는지 올라갈 때부터 컨디션이 안 좋았다. 원래 산에 가기 전날에는 음주를 하지 않는데 오랜만에 제주도에 놀러 와서 한잔하고 싶었더랬다. 아침에 빈속으로 숙소를 나와 한라산 등산로 입구에서 김밥 두 줄을 사서 가방에 넣었다.

성판악 코스는 올라가는 데만 3시간 30분이 넘게 걸렸지만, 어린이도 많은 것으로 보아 그렇게 난이도가 높은 편은 아니었다. 그래도 올라가는 데 꽤 많은 체력을 소모해서 정상을 앞두고 휴게소에서 미리 라면과 김밥을 먹었다. 산행 도중 음식을 두둑하게 먹으면 몸이 좀 쳐지는 현상이 오기 때문에 가급적 산 정상이나 하산을 앞두고 먹는 걸 선호하지만, 이날은 아침을 안 먹고 와서 너무 배가 고파 준비해 온 과일과 라면을 정상에 도착하기 전 모두 먹어버렸다.

탄수화물이 들어가니 확실히 에너지가 생겨서 다시 힘을 내 정상을 향해 뚜벅뚜벅 걸었다. 조금 전까지는 엄청나게 내리쬐는 햇볕에 땀이 주룩주룩 흘렀는데 정상에 도

착하니 바람이 세게 불어 추웠다. 정상석에서 사진을 찍으려면 길게 줄을 서야 했기 때문에 얼른 외투를 꺼내 입고 대기하다 인증 사진을 찍었다.

한라산 정상에서 준비해 온 음식을 먹는 등산객들이 여럿 눈에 띄었다. 그런데 바람이 어찌나 센지 이런 곳에서 오래 지체하다간 감기 걸리기 십상이라 나는 아까 휴게소에서 먹고 오길 정말 잘했다고 생각했다.

정상은 구름이 잔뜩 껴서 결국 백록담을 보지 못해 너무 아쉬웠다. 미련이 남아서 백록담 바로 앞에서 구름이 걷히길 기다렸지만, 바람이 심하게 불어 서 있기 힘들 정도였다. 예상보다 훨씬 날씨가 궂어서 더는 지체할 수가 없었다. 5월이라 큰 추위는 없겠지 했는데 역시나 산에서의 날씨는 당최 예측 불가다. 정상에서 생각보다 오래 지체해서 서둘러 관음사 쪽으로 하산했다. 그때만 해도 몰랐다. 관음사 코스가 그렇게 긴 시간이 걸릴 줄은.

정말이지 가도 가도 끝이 없었다. 한참을 내려갔는데도 아직 산 중턱이라니……. 등린이 체력으론 감당하기 힘든 장거리였다. 예상 시간을 훨씬 웃도는 산행에 나중엔

헛웃음이 날 정도였다. 해가 질까 봐 오래 쉬지 않고 서둘러 내려왔는데도 대략 5시간이 걸렸는데, 그 시간 동안 가장 힘든 게 에너지를 보충할 행동식이 없다는 거였다. 사실 오를 때보다 하산할 때 더 많은 체력이 필요한데 거기까지 생각하지 못하고 충분한 양을 챙겨 오지 못한 거다. 장시간 산행으로 지칠 대로 지친 데다 에너지를 보충하지 못하니 몇 배로 더 힘들었던 거 같다.

등산하면서 그렇게 하산 시간이 긴 적은 처음이었다. 중간중간 쉬어 줘서 다음 날 후유증은 크지 않았지만, 가도 가도 나타나지 않는 목적지라니, 어휴…….

결론은 산에선 예상대로 돌아가지 않는 게 많으니 비상식량을 넉넉하게 챙겨 가라는 거다. 안 그러면 내 꼴 난다! 하지만 내려오면서도 한라산의 여러 가지 모습을 본 기억은 평생 잊지 못할 것 같다. 화창한 날씨에 곧게 뻗은 나무 사이로 빛이 새어들어와 나를 비추고, 내려가는 동안에는 희귀 나무들도 보았다. 그중 멸종 위기 상태인 구상나무도 보았는데 다행히 잘 보존되고 있었다.

아직도 한라산의 하산길을 생각하면 아찔하고 힘들었

던 기억이 있지만 그만큼 또 가고 싶은 산이 어디냐고 물으면 한라산이라고 얘기 하고 싶다!

가장 좋았던 산을 꼽으라면

　30좌 정도 오르면서 가장 좋았던 산이 어디냐고 물으면 나는 제일 먼저 한라산이 생각난다. 장거리로 산행해 본 최초의 산이었고, 알프스산맥처럼 웅장한 자연을 느낄 수 있으며, 놀랍도록 아름다운 사계절을 볼 수 있기 때문이다. 산을 좋아하기 전에는 제주도에 가도 바다만 보고 온다든가 좋은 호텔에서 쉬거나 맛집을 찾아다니는 게 다였다. 지금은 제주도의 산이나 오름, 안 가본 섬에 가는 계획을 짜게 된다.

　지난번에 제주도를 찾은 가장 큰 이유도 한라산을 가기

위해서였다. 우리나라에서 가장 큰 산이라 그런지 한라산은 코스가 무척 많았다. 내가 다녀온 코스는 사람들이 많이 찾는 성판악 - 관음사 코스였다. 숙소에서 새벽같이 나왔는데도 성판악 코스 입구에는 벌써 많은 등산객이 움집해 있었다. 유명한 산답게 꼭두새벽부터 주차장은 만차였다.

우거진 숲길과 화강암 돌계단을 지나 산 정상으로 향했다. 중간중간 산의 높이를 표시해 놓은 암석들이 있었는데 그 암석들을 볼 때마다 한라산이 정말 높은 산이라는 것을 실감했다.

성판악 코스의 마지막은 정상까지 넓게 펼쳐진 데크 길. 여기서부터 그 어떤 산과도 비교할 수 없는 한라산의 웅장함이 모습을 드러낸다. 정상이 가까우니 기온도 확연히 달라졌다. 올라올 땐 자외선이 몹시 뜨거웠는데 정상은 금방이라도 비를 낼 것 같은 먹구름이 하늘을 드리웠다.

이쯤 되면 드는 생각은 딱 하나다. '구름 때문에 백록담을 못 보면 어떡하지?' 힘들게 왔는데 못 보고 내려가면 정말이지 울 것 같았다. 챙겨 온 옷을 꺼내 입고 기다란 줄을 약 20분간 기다렸다. 항상 드는 생각이지만 산에 있는

정상석을 보면 저걸 누가 옮겨다 놓았을까 싶다. 그냥 올라오기도 힘든 높이인데 누군가는 저 비석을 지고 여기까지 왔다고 생각하면 신기할 따름이다.

한라산 정상에는 엄청난 인파가 있었다. 라면을 먹고 있는 사람, 쉬고 있는 사람, 사진을 찍고 있는 사람, 나처럼 줄을 기다리는 사람까지……. 역시 명산이긴 한가 보다. 그냥 올라오기도 힘든 높이인데 신기할 따름이다. 정상석에서 인증 사진을 찍고 서둘러 백록담으로 향했지만, 역시나 구름이 가득 차 있어 백록담을 구경하지 못했다. '이러다 언제 흐렸냐는 듯 금방 걷히기도 하니까 좀 더 기다려 보자.' 미련이 남아서 제일 앞쪽에 서서 하늘이 열리길 기다렸지만, 예상보다 훨씬 날씨가 궂어서 더는 지체할 수가 없었다.

그렇게 다음을 기약하며 관음사 코스로 향했는데 세상에나, 실망할 새도 없이 눈앞에 너무 멋진 풍경이 펼쳐지는 거다. 스위스의 알프스산맥이 이런 모습일까? 가 보진 않았지만 TV에서 보았던 이국적인 풍경이 바로 눈앞에 있었다. 우리나라에서 이런 장면을 볼 수 있다니. 역시, 한

국은 내가 아는 것보다 훨씬 다채롭고, 경험하지 못한 좋은 것들이 무궁무진하구나…….

날씨가 다시 거짓말처럼 밝아져서 파란 하늘 아래 초록색 넓은 산야가 한 폭의 그림처럼 모습을 드러냈다. 그 속에서 알프스 소녀 하이디가 된 기분으로 신나게 사진을 찍으며 하산을 시작했다. 그 뒤에는 앞서 말했듯 가도 가도 끝이 없는 하산 지옥이 펼쳐졌지만, 지금껏 다른 산에선 본 적 없는 압도적인 스케일은 두고두고 잊지 못할 명장면이다.

백패커를 꿈꾸는 등린이

등산을 좋아하게 되면서 자연스레 취미가 하나 늘었다. 백패킹. 큰 배낭 안에 야영에 필요한 장비들을 챙겨 떠나는 여행이다. 가방 하나 꾸려 산이든 들이든 섬이든 어디로도 떠날 수 있어서 좋다.

가방 안에 챙길 것이 많아서 짐을 싸는 단계부터 여행하는 기분이다. 침낭, 매트, 식량, 텐트, 랜턴, 접이식 의자와 테이블 등이 차곡차곡 가방 하나에 들어갈 땐 '와, 이 많은 것들이 다 들어가?' 하면서 신기해한다. 노련한 이들은 가방의 각을 잡아 탁탁 빈틈없이 물건을 집어넣지만,

아직 초보인 난 그런 능력이 없어서 여러 번 짐을 넣었다 빼며 거의 쑤셔 넣는 수준이다. 어쨌든 가방 뚜껑이 닫히기만 한다면 언제든지 여행을 떠날 수 있다.

나의 첫 번째 백패킹은 제주도의 숨은 진주 같은 섬, 비양도였다. 아직 많은 사람에게 알려지진 않았지만 백패킹 마니아들에겐 이미 성지 같은 곳이다.

백패킹에서 가장 먼저 해야 할 일은 집(텐트)을 지을 자리를 잡는 거다. 기왕이면 바다가 보이는 명당을 찾아서 주변을 어슬렁거렸다. 이때부터는 눈치 게임이 시작된다. 다른 백패커들도 모두 나처럼 좋은 자리를 찾고 있기 때문이다. 정말 운이 좋게도 떠날 준비를 서서히 하는 분들이 있어서 그 옆에 짐을 내려놓고 신이나 섬 주변 절경을 둘러봤다.

섬이라 모래바람이 많이 불었지만, 날씨가 좋아서 저 멀리 수평선까지 선명하게 잘 보였다. 잔디 위에서 넓게 펼쳐진 푸른 바다를 보고 있으니 산과는 또 다른 절경이었다. 매서운 모래바람 때문에 텐트를 어렵게 고정하고 의자와 테이블을 꺼내 바다가 잘 보이는 곳 앞에 펼쳤다.

거기 앉아 바람 소리, 파도 소리를 들으며 한참 바다를 감상했다. 소소하지만 확실한 행복이 이런 거겠지. 등산 마니아 중에 백팩킹을 같이 하는 분들이 많은 이유를 알 것 같았다. 이렇게 작은 텐트를 치고 자연을 보며 쉬고 먹고 자고 하니 그 자체로 힐링이구나 싶었다.

처음이라 어설픈 장면도 많았다. 바람이 너무 세서 텐트 안에서 고기를 구웠는데, 매트에 고기 기름이 다 튀고 텐트 안에 고기 냄새가 안 빠져서 잘 때 애를 먹었다. 모래 바람도 거세서 다음 날 아침에 일어나 얼굴 상태를 확인하곤 웃음을 참지 못했다. 고기 냄새가 밴 떡이 진 머리에 여기저기 모래알이 엉겨붙어 있었다. 그래도 바다를 바라보면서 먹었던 삼겹살과 구운 김치의 조합은 아주 특별한 것이었고, 저녁부터 별이 쏟아지던 하늘은 그 자체로 황홀했다. 텐트에 하나둘 불이 켜지는 모습(텐풍)도 아름다웠다.

백팩킹은 등산처럼 간단한(?) 취미는 아니다. 가방 무게가 보통 8kg 이상에다 사람에 따라 15kg까지 나갈 때도 있어 그걸 메고 걷는 건 정말 쉬운 일은 아닌 것 같았다.

만약 산으로 백팩킹을 간다면 10kg짜리 배낭을 메고 산을 타야 하니 충분한 체력이 없이는 힘든 일이다. 그런 걸 보면 뭐든 아웃도어 활동의 핵심은 체력인 것 같다. 나도 좀 더 아웃도어 활동을 넓히고 싶어서 얼마 전부터 헬스로 체력을 기르고 있다. 그래서 산으로 산팩킹을 하러 가는 것이 하나의 목표이기도 하다.

요즘엔 캠핑 인구가 급증해서 어디를 가나 미어터진다. 그래서 어떤 백패커들은 장소를 공유해 주지 않는 경우도 있다. 사람이 몰리면 오붓한 캠핑 분위기를 즐길 수 없고 환경 훼손도 따라오니 미연에 방지하겠다는 거다. 그래서 SNS에 장소를 공개하지 않은 사람에게 굳이 장소를 물어보는 건 실례라고 말하는 사람도 있다. 그 입장을 이해 못하는 건 아니지만, 자연은 누구의 소유가 아닌데 자신들만 즐기려고 하는 건 이기주의라는 지적도 있다.

양쪽 다 일리가 있는 만큼 자연을 보호하면서 즐기려는 노력이 필요한 거 같다. 다행히 누가 알려 주지 않아도 인터넷으로 검색하면 좋은 캠핑 장소가 많이 나온다. 또, 숨겨진 캠핑 장소를 찾아내는 것도 백팩킹의 묘미일 수 있

으니 나도 이참에 인생 박지를 찾아 새로운 장소를 뚫어

볼 예정이다.

5장

등린이를 위한
가이드

스틱, 사용해? 말아?

등산 초기에는 장비에 별로 관심이 없었다. 등산 스틱 역시 손에 걸리적거릴 거 같아 사용할 생각을 않았는데 매주 산에 다니다 보니 하산할 때 무릎이 조금씩 아프기 시작했다. 무릎의 부담을 덜어 준다는 주변의 조언을 따라 등산 스틱을 처음 사 보았다.

내가 처음에 구입한 등산 스틱은 손잡이에 끈 같은 고리가 달려 있는데 거기에 손을 끼우고 스틱을 잡는 법부터 판매 직원에게 배웠다. 스틱은 산에 올라갈 때와 내려올 때 길이를 달리 조절해야 좋다고 했다. 산에 오를 때는

길이를 조금 짧게 해야 한다기에 설명을 들은 대로 평지에 서서 팔꿈치의 각도가 90도가 되도록 길이를 조절했다.

스틱을 짚으며 산에 올라가다 보니 약간 사족 보행(?)하는 느낌이 들었다. 팔이 아픈 것 같아서 처음에는 그다지 스틱의 좋은 점을 찾지 못했다. 하산할 때는 올라갈 때보다 스틱의 길이를 길게 해 주는 게 좋다고 하여 길이를 조절했다. 내려오면서 발보다 스틱이 좀 더 앞에 위치하게 되었는데 무릎에 받는 힘이 분산되는 느낌이 들었다.

처음에는 많이 어색했지만 그렇게 한 3개월 동안 스틱에 습관을 들이다 보니 이제는 어디에나 스틱을 챙기게 된다. 특히 장시간 걸어야 하는 트래킹 코스에서는 아주 요긴했다.

한라산을 오를 때 스틱을 사용하지 않아 다음날 무릎, 종아리, 발 등의 근육통에 시달렸는데 스틱 사용법을 익힌 뒤에는 8시간 산행에도 무리가 없었다.

스틱은 의외의 용도로 쓰이기도 했다. 갑자기 발목을 삐었을 땐 응급용 부목으로 사용할 수 있고, 돌다리도 두드려 보고 건너라는 속담처럼 계곡길에 있는 다리를 지날 때면 바위를 스틱으로 톡톡 두드려 안전을 확인할 때도 있다.

요즘 레키라는 브랜드에서 협찬받은 제품을 사용 중인데, 손잡이 부분이 반장갑 형태의 스트랩 형식에다가 탈부착이 가능하다. 기존의 일반 스트랩의 경우 손목 넓이에 길이를 맞추어야 하는 번거로움이 있는데 레키 같은 경우 3단 접이식으로 편리함을 갖추었다. 초경량 스틱으로 그립 접지력이 높아 사용감이 좋았다.

등산 스틱을 사용한 지 6개월 정도 되었는데 꾸준히 등산 스틱과 함께 하니, 등산 후 무릎 통증이 한결 나아졌다. 처음 적응할 때는 팔도 아프고 어색했지만, 지금은 한결 편안하다. 산을 오래 다니고 싶은 사람이라면 무릎 보호를 위해 하산할 때만이라도 스틱을 사용해 보라고 권하고 싶다.

고어텍스 재킷은 뭐가 달라?

동네 뒷산처럼 살방살방 걸어다니는 산행이라면 무엇을 입고 가도 크게 문제 되지 않지만, 장시간 산행이라면 의복은 더욱 중요하다. 산에서의 날씨는 예측할 수 없기 때문이다. 갑자기 비가 올 수도 있고, 기온이 급변하기도 한다. 평상복이라면 나뭇가지에 걸려 옷이 찢어질 수도 있고 땀을 흡수하지 못하기 때문에 감기에 걸릴 확률이 높아진다. 본격적으로 아웃도어 활동을 즐기고 싶다면 고어텍스 재킷은 필수라고 생각한다.

나도 처음에는 고어텍스의 위력을 잘 몰랐다. 날씨가

추울 땐 그냥 바람막이나 플리스 같은 따뜻한 옷을 챙기면 되는 것 아닌가 생각했다. 그러다 산의 거친 면모를 알고 나니 급변하는 자연을 상대할 때 고어텍스 재킷만큼 든든한 것도 없다는 걸 알았다.

겨울 산행을 앞두고 아크테릭스의 쓰리 레이어 고어텍스 재킷을 구매했다. 기존의 레이어 재킷은 비가 많이 내릴 때 방수는 잘 됐지만, 안쪽에 땀이 많이 배 난감했던 경험이 있다. 땀 흡수력과 투습력이 떨어져서 재킷을 벗어 수건으로 닦아 내고 다시 입었던 기억이 있다. 이 제품은 겨드랑이에 지퍼가 있어서, 땀이 많을 때 열어 두면 바람이 투과해 열 손상 없이도 뽀송뽀송함을 유지할 수 있었다. 고어텍스 재킷은 잘 관리하면 10년도 입을 수 있다는 매장 직원의 말에 고민 없이 가장 기능성이 좋은 재킷으로 골랐다. 가격이 착하지는 않았지만, 다행히 생일선물로 아빠가 사 주셨다. 작년 같았으면 예쁜 코트를 사 달라고 했을 텐데 우리 딸 많이 변했다며 기특해하셨다.

새로 산 재킷은 주머니 위치도 맘에 들었다. 보통 다른 재킷은 주머니가 골반 쪽에 있는데, 이 재킷은 배 앞부분

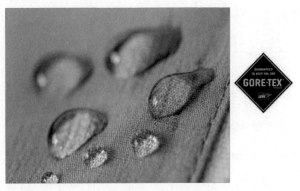

고어텍스(Gore tex)는 고어텍스를 제조하는 회사의 등록 상표다.
〈출처: (CC)W.L. Gore & Associates at Wikipedia.org〉

에 있어 손을 넣기가 편했다. 또, 배낭이 자주 닿는 부위는 마찰에 강한 원단을 이중으로 덧댄 점도 맘에 들었다.

황매산 산행 때 직접 입어 보니 바람이 많이 부는 날이었는데도 크게 춥지 않았다.

기능성 제품이라 관리가 중요한데, 고어텍스는 기능이 손상될 수 있으니 자주 세탁하는 것은 좋지 않다고 한다. 오히려 산행 후 관리를 세심하게 하는 게 중요한데, 산행이 끝나면 부드러운 타월을 물에 적셔 더러운 부분을 닦아 낸 후 통풍이 잘 되는 그늘에서 말리는 게 좋다. 또, 땀에 젖은 옷을 가방 안에 오래 방치하면 천에 뚫려 있는 미세한 구멍들이 막혀 통기성 및 여타 다른 기능도 저하되니 미루지 말고 그때그때 관리하는 것이 중요하다고 한다.

그래도 여러 번 사용해 땀이 많이 배고 때가 지워지지 않는다면 세탁을 해야 한다. 그럴 땐 미지근한 물에 중성 세제를 풀어 조물조물 문지르거나 바닥에 펼쳐 놓고 부드러운 타월이나 솔로 가볍게 문질러야 천이 손상되지 않는다. 중요한 건 절대로 마구 비비면 안 된다는 거. 헹굴 때도 세제가 남아 있으면 고어텍스가 지닌 기능이 저하되므로 여러 번 조심히 헹구어야 한다.

나는 사실 자켓을 구입 후 아직 세탁을 한 적은 없다. 산행 후 먼지를 털어 내고 물기 있는 천으로 닦아 낸 뒤 서늘한 데서 말리기만 했는데, 언제 날 잡아서 주의 사항을 따라 손빨래해 줘야겠다. 기능이 많은 재킷을 입으면 보이지 않는 무기를 장착한 것처럼 맘이 든든하다. 값이 나가는 만큼 잘 관리해서 오랫동안 입고 싶은 자켓이다.

특명! 흔적을 남기지 말라

산을 좋아하는 사람은 자연스레 환경 보호에 관심이 생긴다. 어떻게 하면 이 멋진 산을 오래오래 볼 수 있을까? 지금 모습 그대로 보존해서 자손들에게도 보여 주려면 뭐부터 해야 하지? 등산객들의 무지와 부주의로 몸살을 앓는 산을 볼 때마다 그런 생각이 들기 마련이다.

일단 가장 조심해야 하는 건 화기 사용이다. 지리산이나 설악산과 같은 국립공원의 지정대피소에서는 화기 사용이 가능하지만, 그 외 다른 산에선 화기 사용이 금지돼 있다. 산불이 날 수 있기 때문이다. 산불이 나면 그에 따른

피해가 정말 큰데도 등산객들의 개념 없는 행동은 좀처럼 근절되지 않는다.

어느 날은 등산하다가 담배 피우는 등산객을 본 적이 있다. 넓은 공터에서 밥을 먹고 있는데 갑자기 어디선가 담배 냄새가 났다. 대체 어디서 냄새가 나는지 주위를 두리번거리며 행방을 찾았다. 정말이지 눈살이 찌푸려졌다. 당장이라도 따져 묻고 싶었지만 아빠와 동년배분이시기에 참았다. 본인의 행동이 얼마나 심각한지, 다른 사람들은 물론 자연에도 큰 피해가 될 수 있음을 인지하지 못하고 있는 것 같았다.

또 한번은 운악산에서 버너에 라면을 끓여 먹는 이들도 봤다. 사실 이런 장면은 종종 목격할 정도로 안 지키는 사람이 흔하다. 지정된 장소에서만 화기 사용이 가능한데도 많은 산악단체 사람들이 아무 데서나 모여서 라면을 끓여 먹곤 한다. 분명 산을 좋아해서 산에 온 것일 텐데 환경을 보존하기 위한 기본적인 사항도 지키지 않는 것이 안타까웠다.

이런 행동을 보면서 나부터라도 자연환경을 지키는 노

력을 해야겠구나, 다짐하게 되었다. 나는 산을 다니면서 조금씩 일회용의 사용을 줄이고 있다. 일회용 컵보단 집에서 가져온 보온병 뚜껑을 이용하고, 나무젓가락도 사용하지 않으려 노력한다. 혹여 사용하게 되더라도 가지고 온 비닐봉지에 넣어 모조리 가지고 하산한다. 보통 산에서 컵라면을 많이 먹는데, 남은 국물도 물통에 담아 내려온다. 이것만 실천해도 LNT의 기본은 준수하는 셈이다.

LNT는 'Leave No Trace'의 약어로, 미국 국립공원 환경 단체의 주도로 시작된 환경운동이다. '흔적 남기지 않기'라는 뜻인데, 장소나 상황과 관계없이 모든 야외활동에서 사람이 자연에 미치는 영향을 최소화하기 위한 지침들을 제시하고 있다. 환경을 있는 그대로 보존하기, 지정구역에서만 산행 및 야영하기, 배설물이나 쓰레기를 정해진 방법으로 처리하기, 야생 동식물 존중하기 등 산을 다니는 사람들이 지켜야 할 최소한의 가이드라인은 우리도 열심히 준수해야 한다고 생각한다.

최근에는 몇몇 산악회에서 플로깅(Plogging)을 하는 모습도 본 적 있다. 플로깅은 '이삭을 줍다'는 뜻의 스웨덴어

'Plocka Upp(Pick Up)'과 '조깅(Jogging)'을 합친 말로 조깅을 하면서 쓰레기를 줍는 운동이다.

　등산을 하며 쓰레기를 줍는 클린 산행 산악회도 늘고 있다. 적극적으로 자연 보호를 실천하는 이런 분들이 있어 우리가 산을 기분 좋게 다닐 수 있다고 생각한다. 기회가 된다면 뜻이 맞는 몇몇 분들과 함께 나도 꼭 클린 산행 운동에 동참하고 싶다.

등산인들이 자주 쓰는 표현

안산하세요!

안전한 산행을 하라는 뜻이다. 인터넷상에서 또래 친구들만 쓰는 인사인 줄 알다가 산행 중 마주 오는 아주머니에게 이 말을 듣고 무척 반가웠다. 실제로 산에서 남녀노소 가리지 않고 즐겨 쓰는 줄임말 중 하나다.

일출 맛집, 운해 맛집

무슨 무슨 맛집은 요즘 널리 쓰이는 찰진 표현인데 산에서도 통용된다. 이 산은 일출 맛집, 저 산은 운해 맛집,

어느 봉은 풍경 맛집 뭐 이런 식이다. 내 생각에 우리나라 모든 산은 라면 맛집에 커피 맛집이다. 어디서 먹든 한 번도 꿀맛 아닌 적이 없었으니까.

곰탕

내용물이 안 보이는 뽀얀 국물처럼 구름 때문에 아무것도 보이지 않는 상황을 곰탕이라고 부른다. 비가 오거나 구름이 많이 낀 날 "곰탕이네"라고 하는데, 멋진 전망을 방해하므로 등산인이 좋아하는 날씨는 아니지만, 가끔 비온 다음 날 곰탕이 걷히고 그림 같은 운해가 모습을 드러내는 장관이 펼쳐지기도 한다.

설악이, 도봉이, 태백이

설악산, 도봉산, 태백산이라고 하지 않고 다정하게 "여름 소백이" "가을 도봉이" 이름을 불러 준다. 그러다 보면 산이 더 정감 있고 동네 친구 이름처럼 친근하게 느껴진다. 천왕이, 개웅이, 봉미 등 '산'자를 빼면 동네 친구 이름처럼 친근한 이름이 정말 많다.

등린이, 산린이

인스타그램에서 등산을 시작한 지 얼마 안 된 사람들을
등린이(등산+어린이)라고 부른다. 산린이(산+어린이)도 마찬
가지다.

혼산, 함산

혼자 하는 산행, 함께하는 산행.

날요

날씨 요정의 준말이다. 산에서의 날씨는 예측이 어려운
데 날씨가 흐리다가도 거짓말처럼 맑아질 때 그 자리에
있던 자신이나 타인을 가리켜 "날씨요정이네"라고 한다.
행운을 가져온 존재라는 표현이다.

알바

처음에 이 말을 듣고 '산에서 웬 알바?'라고 생각했는데
계획된 등산로를 찾지 못하고 다른 방향으로 가거나 목적
지를 헤매는 걸 등산인들은 이렇게 표현한다.

클린 산행

달리면서 쓰레기를 줍는 플로깅처럼, 산에 널린 쓰레기를 수거하면서 하는 산행이다. 환경 보호를 목적으로 최근 많은 산악회에서 이 같은 활동을 하는데 정말 고마운 분들이다.

행동식

조리하지 않고 바로 먹을 수 있는 음식. 주로 초코바, 견과류, 에너지젤 등이다.

상고대

나무나 풀에 내린 서리가 얼어붙어 눈꽃처럼 된 것. 해발 고도가 높을수록 온도가 낮아 상고대가 예쁘게 피어난다.

등산 선배에게 물었다!

같은 취미를 가지고 있는 등산 선배에게 궁금한 것들을 물었다. 나처럼 100대 명산에 도전하고 있는 분도 있고 아닌 분도 있지만 모두 노련한 등산 경험을 가진 분들이다. 인기 산스타그램 운영자 3인과의 일문일답.

안녕하세요! 간단하게 자기소개 부탁드립니다.

안녕하세요! 매주 산으로 여행 다니는 프로혼산러 산

타지이(@jii_jang)입니다.

등산하신 지는 얼마나 되셨죠?

8년 차예요.

등산을 시작하게 된 계기가 있을까요?

너무 힘들었을 때 아무 계획 없이 무작정 여행을 가서 이름도 모르는 산에 올랐는데 기분이 정말 좋았어요. 내가 이렇게 살아 있는 존재라는 생각도 들고. 그 뒤로 계속 산을 찾게 되더라고요.

산에서 다치지 않는 꿀조언이 있다면서요?

산행 전 스트레칭을 충분히 해요. 난코스라면 무릎보호대와 테이핑을 해 주고 평소 관절 영양제도 잘 챙겨 먹어요.

직접 오른 산 중에 꼭 가 보라고 추천해 줄 만한 곳이 있나요?

봄에 기억에 남는 산은 천주산이에요. 진달래가 유명하다고 해서 일출 산행으로 갔는데 산봉우리가 온통 분홍색인 거 있죠? 여름엔 월악산 제비봉과 섬산행, 가을엔 영남알프스(간월재), 겨울엔 한라산에 꼭 가 보세요.

주로 어떤 산행을 즐기시나요?

예전엔 깜깜한 밤에 출발하는 일출 산행을 많이 했는

데 요즘은 일몰 산행을 많이 다녀요. 산에 있는 시간이 좋다 보니 일부러 사람이 없는 시간대에 제가 좋아하는 자리에서 오래 머물다 와요. 요즘 워낙 등산 열풍이 불어서 한적한 산행을 하려면 노력이 좀 필요하죠.

산에서 곤란했던 적도 있나요?

그럼요. 2018년 겨울에 경주 무장산에서 멧돼지를 마주친 적이 있어요. 늦은 시간이라 사람이 없었는데 수풀 속에서 부스럭 소리가 나더니 거짓말처럼 눈앞에 떡하니 멧돼지가 등장한 거예요. 멧돼지도 놀랐는지 한동안 둘 다 정지화면처럼 서 있었어요. 다행히 반대쪽으로 유유히 걸어가 주더라고요.

산에 꼭 챙겨 가는 게 있나요?

위험한 상황에 철저히 대비하는 편이에요. 소독약과 소화제, 파스 같은 상비약은 항상 가방에 있고, 사람들이 드문 산행을 할 땐 담요와 점멸 기능이 있는 헤드 랜턴도 꼭 챙겨 갑니다. 쉽게 꺼낼 수 있는 곳에 호루라기를 넣어 두고요.

혼산을 즐기시는데 혼산의 매력이 있다면요.

자유롭고 여유롭다는 거겠죠. 산에서의 계획도 유동적
으로 바꿀 수 있고, 누구 신경 쓰지 않고 한자리에서 멍
하게 있어도 되고……. 저에게 집중할 수 있는 시간이
너무 좋더라고요.

등산하다가 길을 잃은 적도 있나요?

혼산 중에는 수시로 확인하는 편이라 길을 잃을 때가
거의 없는데, 보통 함산할 때 앞사람 따라가다 잃어버리
는 경우가 있더라고요. 그럼 일단 GPS 지도를 펴요. 등
산 앱도 좋고 카카오 맵도 좋아요. GPS나 지도가 잘 안
맞아서 잘못된 안내를 하기도 하는데, 그래도 최대한 등
산로에 가깝게 찾아가다 보면 다시 길이 나오더라고요.

본인에게 등산이란?

인간 생활의 세 가지 기본 요소가 의식주라잖아요. 저

에겐 그만큼이나 등산이 중요해요. 좌절을 딛고 일어설 수 있도록 도와준, 지금의 저를 있게 해 준 은인 같은 존재죠. 평생 함께할 제 삶의 네 번째 기본 요소라고 할 수 있어요.

끝으로, 등산을 막 시작하는 분들에게 해 주고 싶은 말이 있다면요?

음……. 산에서 야호를 외치지 말기. 에티켓이 아니거든요. 조용히 산을 오르는 사람에게나 산동물에게는 소음공해니까. 산에서 고성은 응급상황에서만 하는 게 좋습니다.

안녕하세요! 간단하게 자기소개 부탁드립니다.

안녕하세요, 열심히 등산하는 우농(@wo_nong)입니다.

등산한 지는 얼마나 됐나요?

어릴 때부터 종종 산에 갔지만, 본격적으로 다닌 지는
2년 정도 됩니다.

등산을 시작하게 된 계기가 있나요?

친오빠가 동네 뒷산을 꾸준히 다니더니 30kg이나 빠지더라고요. 오빠 따라다니기 시작하다가 본격적으로 다니게 됐어요.

꼭 가 보라고 추천해 주실 산이 있다면요?

봄에는 철쭉이 볼 만한 경상남도 천주산, 여름엔 계곡이 있는 강원도 방태산, 가을엔 단풍터널이 그림 같은 전라북도 내장산, 겨울엔 말이 필요 없는 소백산.

주로 어느 시간대 산행을 즐기시나요?

새벽이 좋더라고요. 아무도 없는 곳에서 떠오르는 태양을 보고 있으면 당장 내일이 암담하다가도 마음이 진정돼요. 다친 마음을 치료하는 데 산처럼 좋은 곳이 없어요.

산과 관련한 에피소드가 있다고요.

재미있는 이야기는 아니지만, 저한테 위로가 되는 에

피소드는 있어요. 저를 예뻐하시던 외할머니가 돌아가
셔서 삼일장 치른 뒤에 산에 간 적이 있어요. 제 딴에
는 할머니를 배웅하겠다고 근처에서 가장 높은 가지산
을 혼자 찾아간 거죠. 해가 떠오르면 할머니도 떠오를
거란 생각에 일출 시각에 맞춰 올라갔어요. 결국 동그
란 해가 하늘 높이 떠오르고 나서야 가슴에 있던 할머
니를 보내드렸던 거 같아요. 산에서 내려와 터벅터벅
걷는데 지나가던 할머니 한 분이 생전의 외할머니처럼
손수레를 몰고 다가오시면서 "아이고 아가, 조심해서
다녀라. 힘들어 보이는데 버스 타고 가래이~"하시는
거예요. 외할머니가 저에게 하시던 말과 너무 똑같아서
눈물이 나더라고요. 제가 할머니를 배웅한 것처럼 할머
니도 저를 배웅해 주신 거 같았어요.

본인에게 등산이란?

친정집이다? 하하하. 언제나 찾아가면 반겨 주니까요.
그러니 힘들어도 자꾸만 찾는 게 아닐까요. 다녀오면
친정엄마 본 것처럼 힘도 나고요. 산은 하늘 아래 있는

첫 번째 집이죠, 내 집.

마지막으로, 등산을 막 시작하는 분들에게 해 주고 싶은 말이 있다면요?

등산은 잘하는 사람도, 못하는 사람도 없다는 얘기를 해 주고 싶어요. 꾸준히 하는 사람과 그렇지 않은 사람만 있죠. 꾸준히 하는 사람은 그만큼 자연과 산에 대한 애정이 생기기 때문에 산에서 지켜야 할 예절을 스스로 습득하고 지키죠. 그러니 꾸준히 산을 올라 보시기를 바랍니다.

안녕하세요! 간단하게 자기소개 부탁드립니다.

안녕하세요. 산 타는 길헌(@heon._.88kg)입니다. 인스타그램 계정에 들어가는 숫자는 제 몸무게예요. 체중이 증감하는 걸 체크하고자 했으나 초심을 잃어버려서 2개월째 숫자 변동은 없는 상태입니다.

체력을 기르기 위해 10년 정도 꾸준히 했는데 블랙야
크 100대 명산 챌린지를 시작한 지는 1년이 조금 넘었
네요.

무릎 주변과 허벅지 근육이 발달하면 무릎 부상 확률
이 줄어요. 5~10km 거리를 일주일에 3회 정도 속보로
걷고 있죠. 스틱과 무릎보호대도 필수로 착용하고요.

봄에는 영취산의 진달래 군락지가 예술이고, 여름엔 칠
보산의 계곡이 유명하죠. 가을엔 설악산 공룡능선, 겨
울엔 방태산 원시림에 꼭 가 보세요.

진안에 있는 구봉산이 가장 힘들었어요. 정상을 앞둔
0.5km 지점부터 등산로가 너무 험하더라고요. 30~40분

을 가도 0.2㎞밖에 줄어들지 않는 아주 마법 같은 시간
이었죠.

친한 동생이랑 경기도 운악산에 간 적 있는데 산에서
먹으려고 편의점에서 김밥과 라면을 사 갔어요. 정상에
도착해서 먹으려고 보니 젓가락을 차 안에 두고 내린
거예요. 바닥에 떨어진 나뭇가지를 탁탁 털어서 젓가락
삼아 먹었던 기억이 나네요.

길을 잃었다면 다른 등산객이 올 때까지 기다리는 게
제일 안전하겠지만 많이 위급한 상황이 아니라면 천천
히 계곡을 따라 하산하는 것도 방법이에요. 계곡을 따
라 내려가다 보면 대게 등산로 인근에 닿거든요. 거동
이 불편할 정도로 다쳤다면 등산로에 설치된 조난 위
치 표지목을 활용해서 구조 요청을 해야 해요. 통상
500m 간격으로 설치돼 있는데, 거기 적힌 고유 번호로

자신의 위치를 알릴 수 있어요.

노력한 만큼 보상해 주는 존재. 한 걸음 한 걸음 걷다 보면 반드시 정상이라는 성취감을 안겨 주거든요.

산에선 흡연하지 말 것, 음악을 크게 틀지 말 것, 가져 온 것들은 도로 가져갈 것. 이 정도만 지켜도 산을 즐길 자격이 있어요. 아, 하나 더. 하산하는 쪽보다 오르는 쪽에 우선권이 있다는 것도 꼭 명심하세요.

가장 좋았던 산행 코스 베스트 7

1. 영남알프스

울산에 위치한 영축산-신불산-간월산 모두 영남알프스의 산으로 가장 기억에 남았던 산. 처음 시작은 영축산에서 올라갈 때 높은 경사가 살짝 힘들어서 고비가 찾아오지만, 정상에 도착한 이후, 신불-간월재까지는 살방살방 걸어다닐 수 있는 트레킹 코스길로 되어 있다.

중간에 산을 하나씩 넘을 때마다 눈 앞에 펼쳐지는 뷰는 놀랍고 새롭다. 마치 세렝게티 국립공원과 같이 넓게 펼쳐진 초원길에 입이 다물어지지 않는다. 우리나라에 이

렇게 멋진 곳이 있다니 감탄할 만한 산세와 억새 평원길
도 볼 수 있다.

체력이 좋다면 3곳을 연계 산행하여 다녀오기를 추천
한다. 3개의 산이 능선길로 연결되어 있고 바람은 많이 부
나 산세가 험하지 않다. 등산로 또한 잘 정비되어 있어 온
가족 같이 가고 싶을 만큼 멋진 곳이다. 물론 3개의 산을
다녀오는 만큼 장거리이기 때문에 산행을 시간 여유 있게
잡아야 한다.

간월산에 가기 전 간월재 휴게소가 있는데 이곳은 서 있
으면 정말 외국에 와있는 듯한 느낌이 든다. 넓은 초원과
산맥이 어우러져 멋진 장관을 모두 볼 수 있다. 간월재 근
처에 배내2 공영주차장이 있어 등산객, 관광객 모두 많은
곳이지만 여유가 된다면 등산하는 것을 강력 추천한다!

🌧️추천하는 계절 : 여름, 가을
🌲 등산 난이도 : 중
🚗자차 이동 : 지산마을 만남의광장 정류장에 주차(주차비는 무료, 공
간이 매우 협소함)

┣■코스 : 지산마을 만남의광장(영축산 등산로 입구) -> 취서산장 -> 영
축산(정상) -> 신불재사거리 -> 하늘억새길 -> 신불산(정상) ->
간월재휴게소 -> 간월산(정상) -> 간월재휴게소 -> 임도길 ->
영남알프스복합웰컴센터 -> 콜택시타고 지산마을로 이동

🚶총 15.84km, 산행 시간 9시간 20분(휴식 시간 2시간)

2. 월악산

올라갈 때는 충주호의 전경을, 내려올 때는 웅장한 산
세를 볼 수 있는 경치 맛집! 별 다섯 개, 그중에서도 가장
인기 많은 보덕암 코스다.

　끝도 없는 계단이 나오지만 첫 봉인 하봉에 도착하기 전에 나오는 전망대부터 충주호의 뷰에 사로잡혀 꼭 정상까지 가 보고 싶은 경치다.

　월악산을 다녀왔던 때를 생각해 보면 산행하는 내내 눈이 심심할 틈이 없었다. 봉을 하나씩 차례로 넘을 때마다 다음 봉에서는 어떤 경치가 나올까 기대를 갖고 즐겁게 산행할 수 있다. 산을 오를 때 힘든 만큼 보상이 따른다고 말하는데, 이곳은 아름다운 절경에 보상 그 이상의 기쁨을 느낄 수 있다. 그러나 한국의 5대 악산 중 한 곳임을 잊지 말자!

🌤️ 추천하는 계절 : 봄, 여름, 가을

🌲 등산 난이도 : 중상

🚗 자차 이동 : 보덕암 주차장(주차비는 무료이나 주차 공간이 협소하여 타이밍이 좋아야 함)

🚩 코스 : 보덕암 주차장 -> 전망대 -> 하봉 -> 중봉 -> 영봉(월악산 정상) -> 중봉 -> 하봉 -> 보덕암 주차장 원점 회귀 코스 총 7.58km, 산행 시간 약 6시간 30분(휴식 시간 1시간 20분 포함)

3. 사패산

서울 근교 의정부에 위치한 사패산. 등산 입문자 혹은 등린이에게 추천!

난이도가 높지 않고 산행 시간과 거리에 비해 정상에 올라가면 멋진 산세를 감상할 수 있다.

등산객이 많아서 등산로가 비교적 잘 되어 있고, 정상에 가까워지면 암릉의 재미를 살짝 맛볼 수 있는 산이다. 또 정상에서는 넓게 펼쳐진 바위 위에서 경치를 감상하며 라면을 먹기에도 좋다.

등산이라는 운동을 처음 접하는 친구를 데리고 가면 '등산 또 가고 싶다!'라는 말이 나올 법한 산이다. 그러나 중간에 갈림길이 많아 자칫 마음 놓고 가다가는 길을 잃

을 수 있으니 조심하자.

🐝 추천하는 계절 : 여름, 겨울

🌲 등산 난이도 : 하

🚗 자차 이동 : 안골 매표소 근처 도로변에 주차(주차비 없음)

🚩 코스 : 안골 매표소 -> 안골교 -> 안골계곡 -> 사패능선 -> 사패
   산 정상 -> 원점 회귀 총 6km, 산행 시간 약 3시간(휴식 시간 1시간
   30분)

4. 오대산 노인봉

오대산 국립공원은 100대 명산 인증 장소가 2곳인데, 그중 내가 추천하는 코스는 노인봉이다.

주차장에 도착하면 입구부터 웅장한 산속에 있다는 느낌을 받아서 놀랐다. 노인봉으로 가는 중간에 넓게 펼쳐진 초원길을 지나게 되는데 너무 좋아서 오래 머물고 싶은 기분이 든다. 강원도 하면 제일 유명한 양떼목장이 생각나는데 그것과는 또 다른 느낌이다. 넓게 펼쳐진 초원길인 진고개 고위 평탄면은 정말 기억에 남는다.

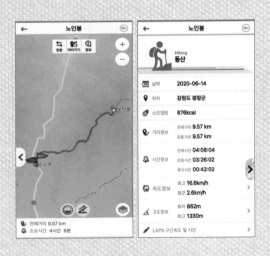

초입부에 계단을 제외하고는 동네 뒷산처럼 산책하는 난이도라서 가족, 연인, 초보자가 산에 오르기 좋다. 이곳을 몰라서 못 오는 거지 아마 유명해지면 많은 사람이 모여들 수도 있겠다는 생각이 들었다.

🌧 추천하는 계절 : 봄, 여름
🌲 등산 난이도 : 하
🚗 자차 이동 : 진고개 휴게소 주차장(주차비 무료)
🚩 코스 : 진고개 휴게소주차장 -> 진고개 고위 평탄면 -> 노인봉 정상 -> 진고개 고위 평탄면 -> 진고개 휴게소 주차장 원점 회귀 코스
🏃 총 9.57km, 산행 시간 4시간 8분(휴식 시간 1시간 포함)

5. 소백산

지인들이 산을 추천해 달라고 하면 항상 첫 번째로 얘기하는 소백산 !

올해 두 번이나 다녀왔다. 겨울이면 겨울대로 상고대가 너무 멋지고, 여름은 여름대로 초록초록한 텔레토비 동산 같은 초원을 볼 수 있다. 봄에는 철쭉 때문에 핑크빛이 물든 산을 볼 수 있다. 계절마다 색다른 매력을 느낄 수 있는

산이라서 사계절 모두 와 보라고 추천하고 싶다.

　내가 다녀온 코스는 봄에 철쭉 산행을 위해 크게 소백산의 백두대간을 한 바퀴 돌았던 코스지만 어의곡에서 출발하여 비로봉에서 원점 회귀를 해도 충분하니 많은 분들이 소백의 아름다움을 알았으면 좋겠다.

🌧추천하는 계절 : 봄, 여름, 가을, 겨울

🌲등산 난이도 : 중

🚗자차 이동 : 어의곡 주차장(주차비 무료)

🚩코스 : 어의곡 주차장 -> 어의곡 탐방 지원 센터 -> 비로봉(소백산

정상) -> 국망봉 -> 상월봉 -> 늦은맥이재 -> 을진 -> 어의곡주
차장 원점 회귀 코스

🚶 총 17.64km, 산행 시간 8시간 49분(휴식 시간 1시간 30분 포함)

6. 한라산

지금까지 가 본 산 중에서 어디가 가장 좋았냐고 물어
보면 망설임 없이 '여기!'라고 말한다.

한라산은 우리나라에서 가장 높은 산이고 웅장함의 클
라스가 다르다. 인기가 많아 전국에서 수많은 사람이 몰
려와 등산객이 미어터진다. 대한민국 사람이라면 한 번쯤
꼭 가 봤으면 좋겠다. 산의 클래스가 엄청나기 때문에 코
스 또한 다양한데, 내가 추천할 코스는 한라산 성판악-관
음사 코스이다

나의 초점은 멋진 뷰를 감상하는 것이기 때문에 조금
장거리라 할지라도 도전해 보고 싶었다. 한라산을 갔을
때 나는 막 등산이 좋아지는 시기였기 때문에 한라산 성
판악-관음사 코스는 나의 체력적인 한계를 넘어서는 기
회가 되었다. 알프스산맥이 생각나는 관음사 코스는 장거
리코스지만 입이 다물어지지 않을 만큼 웅장하다. 그 어

떤 표현으로도 이 아름다움을 다 담아낼 수 없다.

한라산 하면 가장 먼저 생각나는 것이 정상에 있는 백록담이다. 백록담은 우스갯소리로 3대가 덕을 쌓아야 볼 수 있다고 한다. 나는 정상에 도착했을 때 구름이 많아 제대로 보지 못했다. 그만큼 보기 힘든 것이라고 하니 설령 나처럼 백록담을 보지 못해도 실망하지 말자! 나는 다음에 또 한라산을 찾을 계기가 생겼다는 것에 신이 났다. 내가 다녀올 때는 봄에서 여름으로 넘어갈 때였는데, 다음에는 겨울 설산을 보러 가고 싶다.

🚗 추천하는 계절 : 봄, 여름, 겨울

🌲 등산 난이도 : 중상

🚗 자차 이동 : 성판악 주차장

🚩 코스 : 성판악 주차장 -> 성판악 탐방로 입구 -> 속밭 대피소 -> 진달래밭 대피소 -> 백록담(한라산 정상) -> 삼각봉 대피소 -> 개미등 -> 탐라계곡 대피소 -> 관음사 탐방로 입구

🚗 하산 후 택시 타고 성판악 주차장으로 이동 (택시비 약 15,000원)

🚶 총 20.27km, 산행 시간 8시간 17분(휴식 시간 1시간 30분 포함)

7. 계방산

겨울에 가기 좋은 산을 추천해 달라고 할 때 가장 먼저 생각나는 계방산.

오대산 국립공원에 속한 산이지만 설산에 일출까지 만나 멋진 운해를 보여 준 산. 우리나라에서 5번째로 고도가 높은 산으로 그만큼 안개도 많이 끼기 때문에 운해나 상고대를 대체로 잘 볼 수 있는 것 같다. 하루쯤 부지런히 일어나 일출을 보러 가라고 추천할 만큼 멋진 곳이다.

고도가 높다고 하니 힘들 거로 생각하겠지만, 막상 차를 타고 운두령까지 가면 정말 차로 많이 올라오는구나라는 느낌을 받을 것이다. 하지만 산행 거리도 꽤 되니 방

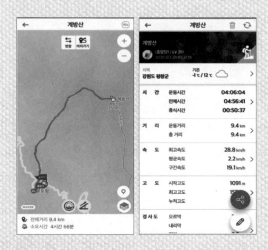

심은 금물이다!

🌧️추천하는 계절 : 겨울

🌲 등산 난이도 : 중

🚌자차 이동 : 운두령 또는 운두령임 특산물 홍보관(주차비 무료)

🚩코스 : 운두령 -> 쉼터 -> 전망대 -> 계방산 정상 -> 전망대 ->
 쉼터 -> 운두령

🏃원점 회귀 코스 총9.4km, 산행 시간 4시간(휴식 시간 50분)